줄* 좀* 잘* 설* 걸

줄 * 좀 * 잘 * 설 * 걸

김창희 에세이집

좋은땅

서문

소소한 일들이 하루가 되고 이틀이 되어 만들어진 많은 이야기가 우리의 삶이 되는 것을 시간이 한참 지난 후에야 비로서 이해하게 된다.

'땅은 비를 계산하지 않는다.'라는 본문의 글처럼 비가 오면 비를 맞고 눈이 오면 눈을 고스란히 받기도 하고, 바람 부는 그 어떤 날에는 목을 단단히 감쌀 뿐 그것을 피할 도리는 없다. 바람 분다고 비오고 눈이 온다고 잠깐 삶을 멈추어 놓을 수는 없는 일이기에 꿋꿋하게 그대로 맞을 일이다.

삶이 따끔거릴 때는 줄, 좀, 잘, 서서 편한 삶이었으면 할 때도 없진 않지만 이대로도 견딜만하기에 나보다 더 외롭거나 힘든 삶에 대해 조금은 안쓰러운 맘을 갖기도 한다. 이렇게 함께 보듬고, 함께 느끼고, 공감하며 살아가는 게 나와 너의 시간들이 아닐까 한다. 가끔은 벗어나고픈 충동에서 자유를 꿈꾸는 어떤 그녀들의 이야기를 소소한 수필에서 함께 나누었다. 본문 운현궁에서의 채선처럼, 사랑하는 사람의 무릎에 기대 여유로이 거문고를 연주해 보고 싶기도 하고, 어떤 날은 내가 까칠한 건지 정확한 건지 스스로 자문하기도 하면서 일상을 맞고 보내면서 살고 있다. 삶이 단조롭다고 도망쳤던 다른 그녀는 그래도 살던 곳이 제일 만만하기에 다시 제자리로 돌아와 힘을 내는 그녀를 '다시'라는 글에서 함께 생각했다. 문득문득 점점 이기적으로 변해가는 우리의 마음을 '가족의 유통기간'에 대해 잠깐 생각을 나누고, 생각을 꺼내고 덧대면서 살아가는 우리의 소소한 일상을 글로 담았다.

운동을 하면서, 길을 걸으면서, 라디오를 들으면서, 주변에서 보이는 모든 것들이 글이 되었다. 텔레비전을 통해 전해오는 짧지만 묵직한 공감은 '한글공부'라는 제목으로 함께 나누게 되었고, 한여름 땡볕에서 쉼 없이 벽돌을 들고 나르던 '일용잡부 김씨'를 보며 나도 힘을 냈으며 주변의 많은 그녀들이 힘을 얻었으면 좋겠다. 5일장 좌판을 벌여놓은 할머니를 보며 엄마를 떠 올렸고 쩍쩍 갈라진 틈으로 풀물이 배여 꺼멓게 변한 손톱사이로 언뜻 비치는 봉숭아를 보게도 되었다. 이처럼 바로 옆에서 보이는 대상을 함께 나누고자 여러 단상을 짧은 글로 엮어내게 되었다. 이 글을 읽는 독자들에게 마음에 작은 느낌표 하나, 작은 물음표 하나 남는 공감되는 글이 되었으면 좋겠다.

Contents

2장

3장

4장

1장

And so it goes

그렇게
그렇게 계속되겠죠
인생이 다 그런 거겠죠
욕심을 부리는 일
화를 내는 일
무언가를 위해 내 닫는 일

시간이 흐르고 흘러도
여전히
그렇게
그렇게 계속되겠죠.

부는 바람에 거문고 소리 걸어두기

가끔 채선이 부러울 때가 있다. 달은 동그마니 떠있고 채선은 사랑하는 이 옆에서 거문고를 뜯고, 그에 지그시 눈을 감고 운현궁 안에 뜬 달과 하나가 되는 홍선 대원군, 굳이 홍선과 채선이 아니라도 상관없을 일이다. 거문고 곡조가 흐르고, 달이 있고, 간간이 부는 바람에 흔들리는 나뭇잎은 달빛의 힘을 보태 더 운치가 있고 멋스럽다.

언제부터인지 여유를 잃고 사는 것 같은 요즘이다. 비워야 채워진다는 법정스님의 말씀이 아니더라도 근래에 자주 드는 생각이다. 머릿속이 현실 생활의 바쁨으로 가득 차 조금의 틈을 주지 않을 정도로 벅차게 작동하고 있고, 그나마 잠깐의 시간이 주어지면 드러누워 잠자기 바쁘다. 그러다 또 문득 그 시간이 아깝다는 생각에 잠잔 것을 후회하며 자지 않으리라 맘먹게 된다. 나는 태생이 바빠야 사는 것 같은 사람일까 생각해 본다. 더러는 자기 몸이 시키는 대로 하라고 한다. 자기 몸이 시키는 대로 졸리면 자고, 배고프면 먹고, 하지만 나는 그게 그렇게 쉽지가 않다. 졸려서 자고, 자고 나면 후회되고, 먹고 싶어 먹고 난 후, 또 후회하고, 이런 일상

속에서 살아가고 있다. '안분지족' '안빈낙도' 했던 선비 정신을 그대로 계승하자는 것도 아니지만, 다소의 숨구멍을 열어둬야 하지 않나 싶은데, 나란 사람은 왜 이렇게 숨 막히게 살고 있는 것인지. 그래야 살아있는 것 같고, 그래야 사는 것 같은 이런 마음으로 내 육신이 지배당하고 살고 있는데, '나였던 그 아이는 어디로 갔을까.

오늘은 채선이 몹시 부럽다는 생각이 들어 조금은 여유롭게 호기를 부리며 부는 바람에 잠시 거문고 소리를 걸어둔다.

*나였던 그 아이는 어디로 갔을까-파블로 네루다

*채선- 흥선대원군의 애첩

숨

휴가다
시멘트 냄새 가득한 재건축아파트 현장
성글게 매어 놓은 빨랫줄에는 얼기설기 널린 옷들로 옹색하다.
컴컴한 지하주차장엔 미장부가 분주히 오가고 간간이 내리는 폭우 성 장맛비는 시멘트 특유의 냄새만 짙게 뱉고 있다.
더러는 떠나고 더러는 남아서 빈 곳을 채웠다
그들은 그들만의 방법으로 먹고 사는 일에 집중할 뿐이다.

이미지

나더러 도도해 보여 말을 붙이기가 여간 어렵지 않다고 하던 그녀, 그냥 나는 나일뿐이고, 하던 대로 그렇게 살아가는 것이고, 남들처럼 화장을 짙게 하거나 몸을 치장하는 것에 전혀 돈을 들이지도 않고 손톱 정리를 위한 네일 샵 방문은 더구나 해 본 적이 없고, 염색은 하지 않아 머리는 허옇고, 가끔은 엘리베이터에서 만난 꼬맹이에게 '할머니다'라는 소리를 듣고 사는 지극히 소박하고 평범하고, 하루를 부대끼며 살아가고 있는 그런,

나더러 보기와는 다르다고 하던 그녀, 털털하고 대충대충 좋은 게 좋은 거라 말하는 내가 처음엔 낯설었다던 그녀, 김홍신 선생님의 책 제목처럼, "그래서 그게 뭐 어쨌다고" 내가 날 도도하게 보라고 한 것도 아니고 나는 늘 나였을 뿐인데, 세상의 편견은 이렇게 소소하게도 곁에 있는 것을.

한권 천원

줄* 좀* 잘* 설* 걸

"그 사람은 줄을 잘 못 섰어. 예전에는 잘 나가더니 언제부턴가 저쪽으로 가더니만, 참 안됐네."

살아가면서 이런 얘기를 많이 듣기도, 많이 하면서 살기도 한다.

백화점 개점시간에 우르르 뛰어가 미끼 할인 상품을 잡느라 야단법석인 시간에도 승패는 나뉜다. 같은 시간에 정문에 도착했으나 두 줄로 서라는 안내 말에 따라 바로 앞사람에서 내 순서가 끝나기도 하고, 길에 늘어진 줄이 뭔지도 모르고 사람들이 서서 분주하기에 줄에 합류는 했으나, 앞사람도 뒷사람도 무슨 줄인지 모르고 부화뇌동한 채 때를 기다린다. 한참을 기다린 후 돌아온 앞사람 다음의 내 차례, 바로 앞에 있는 사람에서 이벤트는 끝나도 하고, 오랜 기다림 끝에 도착한 노선버스는 만석이라 나를 태울 수 없고, 회의시간에 늦어 헐레벌떡 도착한 채 탄 엘리베이터는 내가 타는 동시에 삐익 소리를 내고, 그 사이에 옆의 헐렁하게 빈 엘리베이터는 문이 닫히고 출발한다. 이럴 때의 허무함이란. 헛기다림이 되었을 때의 기막힘이란.

줄 좀 잘 설 걸.

달과 그림자 그리고 이태백

달아 달아 밝은 달아 이태백이 놀던 달아~
채석강에서 술을 마시다가 물속에 비친 달을 잡으려고 강에 뛰어들어 신선이 되었을까
달 속에 들어앉아 달과 못다 한 술잔을 기울이고 있을까. 월하 독작의 그는 달빛 아래서 홀로 술잔을 기울이며 생의 즐거움을 찾던 사람이다. 때문에 아직도 그는 달과의 지근에서 살아가고 있지 않을까 생각된다. 달을 사랑한 남자.

홀로 술잔을 들어 그림자와 달과 셋이서 한잔하는 삶의 여유로움 또는 엉뚱 발랄 산뜻함.
지금의 생각으로는 미친 사람 아니면 약간 차원이 다른 세계의 사람으로 치부되기 십상인 그의 행동들. 분주하게 일상을 여닫고 있는 요즘 이백 그를 따라 해 보고 싶다는 생각으로 스스로를 이끈다.

늦 술을 배워 술이 단 요즘인데 막상 술을 먹을 수 있는 기회나 술을 만날 일이 거의 없다. 대부분 운전을 해서 움직이다 보니 술을 가까이한다는 것이 쉽지 않다. 또한 친구를 만나 가볍게 한 잔할까 하다가도 전화 해야

지 시간 맞춰야지 이것저것 신경 쓰기 싫어 그냥 생각
만 하다 만다. 그러다 보니 혼자가 가장 편하다는 생각
에 이르러, 간단히 먹을 수 있는 장소를 생각해 보기도
하지만 이도 저도 시들해져 그만두게 된다.

얼큰하게 라면을 하나 끓여 티브이 모니터 앞에 옹색하
게 앉아 물 컵에 부어 온 소주를 찔끔거린다. 아무도 모
르게.
이럴 때 이태백이 그대에게 한잔하며 건배사를 하던 그
달이 내 앞에 있다면 참으로 궁색하지는 않겠건만, 웅
웅거리는 티브이 소리에 묻혀 그 생각마저도 걸어 들어
가고 있다. 혼자 할 수 있는 것이 지천인 요즘 나는 혼자
하는 것도 참 어렵다. 이쁜 술잔에 술을 마셔도 뭐라 할
사람 없겠건만 굳이 물 컵에 소주!
국물까지 말끔히 비우고 커피 한 잔 타서 베란다로 나
간다. 여전히 밖은 조용하지 않고 오가는 사람들은 분
주한데, 달은 왜 그리 밝은지. 술 잔 대신 커피로 그림자
없는 달! 당신의 눈동자에 건배. 달, 그림자, 이태백을
위하여 건배.

보물 같은 숲이 곁에 있다

멋진 인공 숲이 주변에 있다는 사실을 잊고 살고 있다. 오염의 상징이던 시화호에는 온갖 생물들이 살아가게 되었고 쉽게 볼 수 없다는 저어새를 포함해 많은 종류의 철새와 희귀종들의 중요한 보금자리가 되고 있다. 환경을 위해 애쓰고 있는 단체나 시민들의 노력으로 맑은 물도, 맑은 하늘도, 깊은 숲도 함께 보고 즐기고 느낄 수 있게 되었다. 시간을 조금만이라도 내어 내 주변의 보물 같은 숲에 몸과 마음을 맡겨 보지 않으려는지.

시화산업단지가 조성되면서 대기의 질이 나빠지고, 공장이 멈추지 않고 돌아감에 따라 시민들의 숨을 쉴 권리가 침해받게 되었다. 사람이 살아가기에 적당하지 않은 주변 환경으로 인해 함께 공존할 방법을 찾다보니, 차단녹지라는 이름으로 녹지가 조성되었다. 산업단지에서 건너오는 나쁜 공기나 먼지 냄새가 숲을 건너 정화되기를 바라면서 만들어 졌다. 세월이 흐르면서 시민들의 참여로 심었던 차단녹지의 아기나무는 현재와 같이 아름드리나무로 훌쩍 자라 멋진 숲을 이루게 되었다. 차단녹지에서 완충녹지라는 이름으로 바뀌고, 울창해진 숲길의 이름을 의미 있게 지어 공유하겠다는 시민

들의 뜻이 모여 '곰솔누리숲'이라는 이름을 갖게 되었다.

곰솔의 다른 이름은 '해송(海松)'이다. 자라는 곳이 바닷가이기 때문이다. 대부분의 식물들이 살아갈 엄두를 내지도 못하는 모래밭이나 바닷물이 수시로 들락거리는 곳에서도 뿌리를 내리고 견고히 살아간다. 시흥시는 간척의 역사를 지닌 땅이기에 염분기가 많은 척박한 땅에서도 잘 자라도록 곰솔을 식재했고, 지금의 '곰솔누리숲'이 만들어 진 것이다. 세월이 흐름에 따라 척박하기만 했던 땅도 안정기에 접어들면서 지금은 참나무, 오동나무와 같은 여러 종류의 나무를 곰솔누리숲에서 함께 만날 수 있다.

볕이 너무 좋아 길을 나섰다. 가로수의 잎도 가을이 깊어 참 어여쁘게 물들어 있다. 토요일이라서 산책을 나온 사람들이 간간이 보였지만 산업단지에서 바람을 타고 오는 좋지 않은 냄새가 미간을 찌푸리게 했다. 옥구공원을 지나 숲으로 접어들었다. 옥구마루교를 시작으로 숲에 들어서자 거짓말처럼 방금 전까지 났던 냄새가 사라졌다. 신기하게도 그랬다. 숲을 만끽하고 걸을 때는 참 행복하고 여유 있는 마음이 되어 멀리 가지 않아도 멋진 장소에서 힐링하고 있다는 생각에 뿌듯했다. 잠시 후 아름마루교에 도착하자 걸어 온 숲길과는 다르게 시야가 확 트여 산업단지와 주택단지를 동시에 볼 수 있었지만, 잠깐 숲을 벗어났음에도 좋지 않은 냄새가 다시 났다. 그리고 빠른 걸음으로 다시 숲에 들어서자 다시 냄새로부터 벗어날 수 있었다. 날이 조금 흐려서 그런지 평소보다 냄새가 강하게 다가 왔던 날이다.

숲이 왜 있어야하는지를 분명하게 알게 한 날이었다. 산업단지의 좋지 않은 영향을 차단하여 우리가 거주하는 집까지 공기를 정화해서 보내주고 있다고 생각하니 얼마나 고마운지 모르겠다. 이렇게 멋지고 좋은 영향을 끼치고 있는 숲을 대하는 우리는 어떤가.

그냥 숲이 거기 있어 우리는 숲으로 갈 뿐일지 모르겠지만 기대고 치유 받고 위로 받는 커다란 존재의 숲을 함부로 대하고 있지는 않는지 생각해 볼 일이다. 갑자기 숲을 대하는 태도를 운운하는 데는 그만한 이유가 있다. 생태마루교를 지나고 서촌마루교를 지나 곰솔마루교까지 가을바람에 흔들리는 잎 소리에 귀를 기울이며 가을 낮을 즐기고 있었다. 옆에서 푸득 스치는 소리에 돌아보니 청솔모였다. 이곳에서 보지 못했던 터라 한참을 보고 있는데 그 푸석거리는 소리는 사람이 버려놓은 물건들을 딛고 다니는 소리였다.
나무아래 쓰레기 무단투기 금지라는 현수막까지 걸어둔 곳에 페트 물병과 과자봉지가 보란 듯 뒹굴려지고 있었다. 좋지 않은 냄새를 피해가며 숲길 깊숙이 들어와 하늘도 보이지 않을 만큼 사방이 자연을 내게 안겨주고 있는데, 버려진 쓰레기로 다시 미간이 찌푸려졌다. 밖의 소음과 밖의 냄새를 묻혀와 숲속에 쟁겨 놓은 느낌이랄까. 청솔모의 푸덕임이 내게 "이것 도로 가져가" 하는 소리로 들리는 건 나만의 억지일까.

숲길에 오토카니 뒹굴고 있는 플라스틱 생수통을 보면서 생각이 많아졌다.
미세먼지와 미세플라스틱이 전 세계인의 화두가 되어버린 지금 어떻게 대처해야 하는지 심각히 생각해 볼 일이다. 숲이 끊여들어 잠재운 미세먼지와 사람의 잘못된 습관으로, 평온한 숲길을 오가는 사람들 발에 채이는 일회용 용기들, 우리들의 행동을 돌이켜 보고 또 돌아볼 일이다.

숲에 버려진 플라스틱은 어디로 가게 되는 것일까. 1950년부터 만들어져 사용되기 시작한 플라스틱은 편리하다는 이유로 대중화가 되기까지 그리 오랜 시간이 걸리지 않았다. 그러다가 지금은 포화상태가 되어, 이대로 방치하면 순환의 고리를 따라 사람이 살 수 없을 만큼의 큰 위험으로 다가오게 되었다. 사람이 편하고자 만들어진 이런 물건들이 이제는 사람에게 커다란 위험이 되어 돌아와 있다. 플라스틱은 자체적으로 완전히 분해가 되지 않는다고 한다. 생분해는 더욱 안 되는 것이다. 그저 잘게 쪼개지고 또 쪼개져서 5mm이하로 작아져 미세 플라스틱이라는 이름이 되고, 이 미세플라스틱은 하수처리시설에서조차 걸러지지 않고 물길을 따라 하천과 강, 바다로 흘러들어간다. 이렇게 흘러들어간 미세플라스틱은 먹이사슬을 통해 해양생물의 몸속에 쌓여 있다가 다시 우리의 식탁에 오를 수 있는 것이다. 얼마나 끔찍한 일인가.

나는 곰솔누리숲으로 인해 숲이 주는 편안함을 동, 식

물과 사람이 어울더울 살아가게 되길 소원한다. 그렇게 되기 위해서는 작은 생수병 하나라도 함부로 버려져선 안 된다.

우리 모두가 크레타 튠베리가 될 수는 없다.
하지만 그 소중한 뜻을 함께할 수는 있지 않을까.
그 소중한 걸음을 공감할 수는 있지 않을까.

버려진 양심을 주워 다시 걸음을 옮겼다. 걷다보니 바지에는 도깨비 가시풀이 잔뜩 붙어있다. 내 바지에 붙은 풀에 나는 "시화 도깨비"라는 이름을 붙여줬다. 다시 걸음을 옮겨 가다보니, 오동나무의 커다란 눈이 나를 붙들었다. 생김새가 하도 신기해서 한참을 넋 놓고 보다가 단풍 곱게 든 잎을 주워 평안마루교를 지나고 정왕마루교에서 가던 길을 되돌아왔다. 다시 옥구마루교, 바지에 묻어온 시화 도깨비 가시풀을 옥구마루교에 내려 주었다. 가을 지나 겨울가고 내년이 되면 이곳에서도 도깨비 가시풀을 만나게 되길.

균형 balance

균형(balance)이란 어느 한쪽으로 기울거나 치우치지 아니하고 고른 상태라는 건 모두 아는 내용이지요. 그럼에도 밸런스를 맞추고 살아간 다는 것이 쉬운 일이 아니라는 것 또한 사실이고요.

여러분들은 밸런스를 잘 맞춰가면서 생활하고 있는지요. 일과 쉼이 밸런스가 맞아야 능률적으로 처리가 되고, 삶이 즐겁고 행복하다고 하지요. 말은 누구나 쉽게 해요. 살다 보면 이런저런 이유로 균형을 맞추며 산다는 게 정말 대단한 일이예요. 쉼이란 여러 가지가 있겠지만요. 각자의 취미생활이 그럴 수 있겠고, 가만히 누워서 리모컨을 조종하는 것도 그럴 수 있을 테고. 더러는 이도 저도 다 잊고 정말 깊은 잠에 들 수도 있을 테고요.

여러분은 오늘 얼마만큼 일하시고 얼마만큼의 쉼을 가지셨나요.

우리의 몸 또한 밸런스가 중요하다고 해요. 밸런스가 맞지 않아서 생기는 잡다한 병들도 참 많고요. 호르몬을 만들어내는 갑상선의 이상도 마찬가지라고 해요. 밸런스가 맞지 않는 것에서 오는 질병이라지요.

무엇이든 균형을 잘 맞춰야 하나 봅니다. 돈도 적당히 있어서 불편하지 않도록 차변과 대변이 잘 맞아야 하고요, 사람과의 관계도 밸런스를 잘 맞춰야 모나지 않은 사회생활을 할 수 있을 테고요. 또 뭐가 있을까요, 하다못해 믹스커피도 물과의 양이 적당하게 균형을 이루어야 맛나잖아요.

한번 생각해 보자고요. 나는 지금 밸런스가 맞는 삶을 살아내고 있는지.

살아온 이력

벌거벗은 가지가 바람에 흔들린다. 갈증은 바람으로부터 시작되어
밀리고 빌려와 수체구멍에 쑤셔 박혔다. 헛헛한 체기에 채워도 늘 배고프다.
벌거벗은 가지가 하얗게 내려앉는다. 가지가 흔들리는 것은 바람 탓이다.
밀려온 바람에 쑤셔 박힌 수채에서 하얗게 모근이 자란다. 싸리 꽃처럼 뽀얀 속살을 더듬으며
그저 잠깐 머물렀을 뿐이다. 긴 시간 으스러지던 뼛속 소음들도 바람의 머무름에서 시작되었다. 그리고 잠깐의 갈증은 저 밑바닥에서부터 움틀 거리고 나는 바람에게 싸리 꽃을 선물한다. 대상포진에 움찔거리는 등처럼 혹한의 시간과 마주한 내 삶과 절뚝거리는 관절은 오늘도 바람을 맞는다. 세월을 돌돌 말아 바람에 실어 보낸다.

야묘도추

어느 화창한 봄날 갑작스러운 소동이 일어났다. 검은 도둑고양이가 어미 닭과 함께 놀고 있던 병아리 한 마리를 물고 달아나고 있다. 이를 본 어미 닭은 날개를 퍼덕이며 고양이를 쫓아가고, 다른 병아리들은 정신없이 도망가고 있다. 깜짝 놀란 주인은 "이놈 게 섰거라."하며 소리치고 있는 것 같다. 고요했던 오후의 정적을 깨뜨리는 봄날의 소동을 재미있게 그린 야묘도추 그림이야기다.

나는 가끔 딸과 아들 이야기를 수강생들에게 하곤 한다. 딸은 앞에서 일등이고 아들은 좀 과장하여 뒤에서 일등이라고.

딸아이는 공부를 잘해서 학교에서 행사가 있거나 선생님들의 면담이 있을 때는 아주 뿌듯하고 기쁜 마음으로 방문하게 된다. 학교에 도착하면 누구의 엄마인지 아는 선생님들은 일어나서 맞이하며 깍듯하게 인사를 건네 온다. 반면 아들 학교에서의 상황은 조금 다르다. 아들은 누구의 동생으로 통한다. 같은 학교를 나온 아이들이기에 딸의 존재감에 아들이 묻히기 일쑤였다. 아들 담임의 면담요청으로 학교에 가게 되면 나는 아들과 함께 존재감이 없어지게 된다. 아이들에 따라 오르락내리락하는 엄마의 위치가 가끔은 롤러코스터를 타는 것 같다가도 더러더러 '공부는 성적순이 아니잖아요.' 하는 멘트를 떠 올려가며 아들의 존재를 내 맘대로 키워놓는다. 아이들의 일로 학교를 들락거릴 무렵 나는 나름대로 아들의 파이를 크게 키워뒀었다.
엄마의 존재감은 중요하지 않지만 아들을 향해 날솟은 언어나 충고가 마땅치 않아 그랬던 것 같다. 가령 야간자습을 빼고 음악학원을 보내야겠다는 말에 "아니 지금 고3이 영·수에 집중해도 모자랄 판에 무슨 음악학원'이냐며 날을 새우던 선생님과 굳이 아들이 하고 싶다는 것이니 음악학원에 보내야겠다는 엄마의 보이지 않는 싸움, 아니 솔직 하자면 영어 수학에 집중해도 너무 늦음을 알기에 우긴 것이지만.

야묘도추를 보며 작은 소동이었던 그때가 떠오르는 것은 어미이기 때문일 것이다. 누가 새끼를 쪼거나 물고 달아나는 것을 보면 가만히 있을 어미가 있을 것인가. 앞에서 일등을 하건 뒤에서 일등을 하건 모두 같은 병아리인 것을.

검은 손톱과 봉숭아

시화 5일장 파리바게트 앞에 옹기종기 좌판을 펴고 앉은 할머니들.
오늘은 머위와 적당히 늙은 노각과 듬성듬성 벌레 먹은, 솎아온 열무가 그네들의 품목이다. 저걸 몽땅 다 팔아야 얼마가 될까마는 할머니는 정성을 다해 머윗대를 다듬고 늙은 노각을 잘 팔릴 수 있도록 땅바닥 위에 노란 보자기를 펼치고 진열한다. 노각 여섯 개, 머위 두 무더기, 솎아 온 열무 너 댓 무더기, 할머니의 청춘은 손톱 위에 봉숭아로 머무는데 봉숭아 든 손톱 아래로 보이는 흙빛 검은 손톱이 봉숭아 물빛 사이로 선명하다.

상추
2000원
깻잎
2,000원
돌나물
2,000원
부추
1,000원

그녀만의 자유

지금, 이 순간 가장 먼저 떠오르는 생각을 단어나 문장으로 표현해 달라고 했다. 한 사람이 가장 먼저 자유라고 말하자 다음 사람은 나비와 매미라고 말했다. 또 다른 사람들도 무언가 말을 했고 나머지 한 사람은 책임이라고 했다. 나는 여행이라고 했던 기억이 난다. 글과 관련하여 강의하던 중 수강생들에게 물었던 질문이었다. 가장 먼저 말했던 사람에게 왜 자유가 가장 먼저 떠올랐는지 연유를 묻자 금방이라도 폭발할 것 같은 목소리로 결혼하기 하루 전으로 돌아가고 싶단다. 결혼하기 하루 전이라는 말이 놀랍기도 하고 신선하기도 하여 글 제목 또는 어떤 영화나 노래 제목으로도 손색이 없을 것 같다는 말을 했다. 말을 한 사람의 속내는 터질 것 같은 아니 폭발해 버릴 것만 같아 무언가 갈구하는 맘으로 자유라고 뱉어 냈을 텐데, 사연을 듣기 전 결혼하기 하루 전이라는 말에 함께 공부하는 사람들의 입에서도 제목이 멋지다며 환호성을 보냈다. 하지만 제목과는 달리 힘든 결혼생활 중에 있는 그녀의 속 깊은 얘기를 듣자 하니 함께 답답해짐을 느꼈다. 결혼생활이 많이 심각해 보였다. 그러고 보니 그녀를 우연히 곳곳에서 만나게 되었다. 그야말로 우연히. 마트에서도 강의실 밖 여분의 책이 정리되어 있는 쉼터에서도 만날 수 있었던 건 그녀만의 자유를 찾아가는 일상이었을지도 모를 일이다. 매번 부딪히며 살 수밖에 없는 생활의 구겨짐 속에서 혼자만의 자유를 찾아 헤매고 있었던 것이라고 했다. 서로 마주 바라본다는 것은 사랑이 아니라 구속이며, 같은 곳을 바라보고 살아가는 것, 같은 뜻을 세워 그 뜻을 향해 맞춰가는 것이 사랑이라고 했다. 오랜 결혼생활에 그녀가 터득한 진리라고 말한다. 어쩌면 그녀만이 얻은 결론은 아닐 거라는 생각이 든다. 남자는 여자를, 여자는 남자만을 바라보고 살아가는 그 매일은 어쩌면 지독한 구속일지도 모른다. 숨이 막히도록 곁에 있기만을 바라거나 숨이 막히도록 자기만을 바라봐야 한다거나, 또는 모든 것을 아내에게 의지하려는 생활이 신물이 나도록 싫다고 하는 그녀는 어떻게 그런 게 어떻게 사랑일 수 있냐는 것이다. 바쁘게 삶을 살아낸 그녀는 올해 정년을 맞아 일을 그만하게 되었다고 했다. 오늘 역시 집에서 그녀가 오기만을 기다리는 남편을 뒤로하고 수업이 끝나자 바쁘게 탁구장으로 잰걸음을 옮겼다. 나는 그녀 자신이 가장 가까운 곳에서부터 그녀만의 자유를 오롯이 만끽하기를 소원해본다. 더불어 조금은 편안해 지기를 함께 소원한다.

Quando

우리 언제 밥 먹을까요
언제 영화 보러 갈까요
그것에 대해 언제 얘기하면 좋을까요
여기는 언제 다시 올 수 있을까요
파도는 언제 가장 거세게 칠까요
바람은 언제 잦아들까요
우리는 언제쯤 평온해질까요
언제쯤 삶이 단조로워질까요
언제 그렇게 될까요

끈

끈 떨어진 연 같아요.

연에서 끈이 떨어지면 끈은 끈대로 연은 연대로 각자의 길로 가고야 만다. 바람이 심하게 불어서든 나뭇가지에 걸려서든 어떤 이유로든 연에서 끈이 떨어지고 나면 연은 내 통제에서 벗어난다.

끈의 사전적 의미는 밧줄보다 가늘고, 물건을 묶거나 매거나 꿰는 데 쓰는 물건이다. 흔히 우리는 사람과 사람 사이의 인연을 끈에 비유하기도 한다. 끈이 떨어지면 달아나는 연처럼 영영 이별이다. 달아나는 연을 좇아 하늘 높이 올라갈 수도 없는 노릇이고 다시 찾아와 연결한다 해도 떨어지기 전처럼 견고하지 못하다.

물건을 묶거나 매거나 꿰는 데 뜨고 난 후 꼬인 것을 풀기란 여간 진땀나는 일이 아닐 수 없다. 세상살이 수더분하지 않아 만만한 것은 하나도 없다지만, 꼬인 끈 푸는 것보다는 수월하지 않을까 싶다.

끈 떨어진 연, 끈 떨어진 갓, 끈 떨어진 것들은 소용 닿는 곳이 별로 없다. 끈이 꼬여 잘라내지 않도록 가끔은 풀어 줄 일이다.

2 장

스미고, 깃들다

꾸역꾸역 물에 말아먹은 보리밥처럼 입안에서 오돌오돌 밥알이 넘어가지 못하고 잇몸 사이에 머물러 이물감을 느끼듯 살아온 날들이 개운치 않은 것 같은 이 느낌은 뭐지!

올망졸망하던 아이들이 어느새 용돈만을 필요로 할 만큼의 나이가 되고 부모의 시야에서 조금씩 멀어지려고 발버둥 칠 때 나는 하늘의 뜻을 안다는 지천명을 훌쩍 넘어섰다. 오십이면 할머니로 불렸던 내 어린 날의 쉰 살의 모습, 나는 이미 그것을 뛰어넘었다. "나였던 그 아이는 어디로 갔을까"라고 말하는 파블로 네루다는 아니더라도 '나'는 어디로 간 것일까. 나는 온데간데없고 껍질만 남은 채 지금까지도 버둥대며 살고 있다.

어느 유행가 가사에서처럼 월화수목 금금금이 내 생활인지 오래다. 그렇다고 훌륭하거나 빼어난 일들을 하는 것 같지도 않고, 바쁜 것만큼 수입이 짭짤한 것도 아닌데 바쁜 것은 남들의 두서너 배는 되는 것 같다. 강사 노릇에서부터 코칭일을 비롯해 여기저기 참견해야 하는 일들이 꽤 된다. 매일 시간이 어떻게 가는지 모르게 흘

러가고 있다. 이렇게 생활하다 보니 언제 오십이 되었는지 그러고도 몇 해가 더 지나고 있는지를 잊은 채 살고 있으니 그에 대한 조급함은 덜했을지도 모른다. 하지만, 문득 돌아보면 아! 벌써~

친정어머니는 "너랑 나랑 같이 늙어가는구나!"라는 말을 자주 하신다. 따지고 보면 친정엄마와 나는 나이로 보자면 언니 동생이 맞을 정도로 별 차이가 나지 않지만 고생을 많이 한 탓에 엄마와 나는 여느 집처럼 엄마와 딸로 보인다. 스무 살엔 20km의 속도로 서른엔 30km, 오십 줄을 넘어서면 나이의 속도보다 더 빨리 시간이 흐른다고 하더니 하루하루가 어쩌면 이렇게 도둑맞은 것처럼 속절없이 흐르는 것인지.

스피노자의 말처럼 내일 지구가 멸망하더라도 오늘 나는 사과나무를 심어야 하는 건가. 전에 없던 조바심이 마흔에 앓았던 대상포진처럼 번져온다. 그 조급증은 관조하던 삶에서 이루어놓아야 할 삶으로 변화하고 있는 걸 느끼게 한다. 가끔씩 이런 생각을 해 볼 때가 있다. 하루살이의 인생은 하루일까. 우리의 삶도 어느 관점에서 보면 하루를 길게 늘어뜨려 놓은 것은 아닐까. 뭐 이런저런 생각에 골몰할 때가 있는데 생각은 누구나 자유라고 하니 내 생각이 맞다 고 우겨볼 일이다. 하루살이의 하루와 내 일생의 전부는 같을 거라고. 무심코 지나다 밟힌 개미는 자기의 운명을 알고 있었을까? 밤새 소리 내어 울어대는 귀뚜라미는 그러다 스러질 줄 알고 있을까? 그렇다면 나는? 알고 있을까.

이런 잡다한 생각들이 많이 드는 것을 보니 나이를 먹긴 하는 모양인데. 한 가지 더 중요한 것은 언제부터인지 나이 얘기를 자꾸 하게 된다는 것이다. 얼마 전 학습동아리 모임에 참여할 일이 생겼다. 대표를 선출해야 하는데 나를 대표로 추대했다. 추대를 거부하는 내게 돌아온 이유가 제일 연장자여서라는 것이다. 경로우대! 아! 이런 씁쓸함이여!

바람이 내 집으로 온지 십여 년이 지나고 있다. 아들 녀석이 동생 타령을 하던 참에 데리고 들어왔다. 태어나 제 어미 품에서 떨어져 애견샵에서 새 둥지를 기다리고 있던 놈이다. 애견샵의 폐업으로 알고 지내던 분이 모두 분양되고 마지막 한 마리 남은 녀석을 내 집으로 보내오게 되었다. 남편이 강씨 성을 쓰다 보니 이름을 바람이라 지었다. '강바람'

언제부턴가 맑았던 눈동자에 백태가 끼어 탁해 보이더니 며칠 전부터는 정해진 곳에 똥을 누지 않고 엉덩이에 질질 매달고 다닌다. 기억을 잘 못하는 상황이 된 것 같다. 사람으로 치면 벌써 일흔 살이 넘었다. 아기로 내 집에 들어왔을 때는 그다지 높지 않은 러닝머신 위에도 올라가지 못해 사람 손을 이용해 올려줘야 했다. 겅중겅중 뜀박질에 수컷의 본능으로 베개마다 몹쓸 짓을 하던 시기를 지나 다시 러닝머신 위에 오르지 못하고 있다. 관절이 좋지 않아 웅크리고 앉아 사람 눈치만 살핀다. 사람이나 동물이나 나이가 드는 것을 막을 길은 없다. 털 날린다고 털 빠진다고 살가운 정을 주지 않았다. 똥 치우는 일이며 목욕시키는 일, 털 깎이는 일들이 모두 다 번거롭고 싫었지만 아들놈이 동생처럼 챙기며 좋아하니 그저 묵인하고 있을 뿐이었는데 요즘 들어 바람이를 쳐다보는 일이 잦아졌다. 안쓰럽고 측은하고.

퇴근하면 벨소리를 듣고 어그적거리며 문 앞까지 나와 전에 없던 짓을 한다. 힘없는 꼬리를 살레 흔들며 반가움의 표현을 한다. 퇴근을 하건 말건 제 집에 눌러앉아 본체만체하던 녀석이 몇 번 보듬었더니 변한 것이다. 진즉 더 보듬어 스며들었을 것을 싶다. 할아버지가 된 바람이가 이제야 가족으로 느껴지니 나도 참 나다.

스미고 깃드는 것, 이해하고 보듬는 것에 인색했던 시절이 지나 이제야 스며들고 깃들어야 잘살아낼 수 있다는 것에 눈떠가고 있다. 동동거리고 바쁘다며 미뤄왔던 일을 들춰내어 봄 향기에 깃들게 해보자. 따스한 온기가 냉기에 스며들어가고 있다.

미인 고추

빨간 소쿠리에 열댓 개씩 늘씬한 고추가 담겨 있다. 그녀의 이름은 미인 고추다.
어스름한 저녁 장이 파할 무렵 생채를 해 먹을 요량으로 무를 사러 걸음 했다. 채소를 파는 난전에는 아직 팔리지 않고 손길을 기다리는 상품이 꽤 남아 있었다. 무 옆에 가지런히 담긴 고추, 아무렇게나 찢은 박스에 표시되어 있는 그 이름은 미인 고추였다. 물건을 잘 팔기 위해 붙여 놓은 이름쯤으로 알았다. 너무 재미있어서 손님을 기다리며 입이 바쁜 상인에게
"얘는 이름이 참 특별한데, 직접 붙여주셨나 봐요?" 했다
그러자 내게 하는 말이
"아직 미인 고추를 모르세요? 한다.
처음 듣는 고추 이름이라 했더니 살림도 안 살아 본 사람처럼 그것도 모르냐는 곱지 않은 레이저를 보낸다.
궁금증은 참지 못하는 별난 성격이라 재차 물었다.
"미인 고추가 왜 미인 고추예요"하고 다시 묻자 뭔가 팔아 줄 것 같은 느낌이 들었던지 알차게 알려준다.
"얘는 처음 접을 붙여 심은 사람이 미인 고추라는 이름을 달아준 거고요. 아삭이 고추와 일반 매운 고추를 섞

어서 나온 맛이에요"라고 한다.

세상에는 참 별난 일도 많다. 사람에게나 미인이니 미남이니 하건만 고추에다가 미인이라는 이름을 붙여 놓은 걸 보니, 미인 고추에게는 그녀라는 말이 맞을 성싶다. 이처럼 닷새 장에는 새로운 온갖 것들이 많이 있다.

어느 고추밭에서 미남 고추를 재배하고 있을 것 같은 재미난 상상으로 미인 고추 한 소쿠리를 데려 왔다. 먹을 때마다 미인이 될 것 같은 이 발칙한 기쁨은 덤이다.

레트로 RETRO

휴대폰 하나에 온갖 정보와 다양한 볼거리, 수많은 책들과 라디오, 티브이가 들어가 있다. 맘만 먹으면 이동하면서도 라디오에 사연을 보내고 그 사연을 공감하고, 걸어 다니면서 못 본 드라마를 보거나 스포츠를 보기도 하고, 이어폰을 꽂아 마음에 콕콕 박혀오는 노래만 꼬집어 듣기도 한다.

며칠 전 턴테이블을 샀다. 집에 굴러다니는 아주 오래된 턴테이블이 있지만 손봐주는 사람이 없어 구석자리에 애물단지가 되어 먼지만 덮어쓰고 있다. 가끔가끔 아날로그 감성의 지글거리는 소리를 듣고 싶다거나, 비 오는 날 양동이에 떨어져 특별하게 느껴지던 빗소리를 듣고 싶거나, 더러는 세차게 불어 윙윙거리는 바람 소리를 느껴보고 싶기도 한다.

우연히 채널을 돌려보던 중 홈쇼핑 채널에서 낯설지 않은 개그맨이 턴테이블에 엘피판을 올려두고 열심히 뭔가 설명하고 있었다. 늦은 시간이었기에 소음을 한 채 보고 있던 중이었다. 뭔가 싶어 소리를 켜고 듣자 하니 유명한 샹송 가수 에디트 피아트의 노래와 함께 구매를 자극하고 있었다.

사람의 감성을 자극하여 이렇게 구매와 연결되게도 하는구나 하는 순간 이미 나는 해당 물건을 주문하고 있었다. 당시의 내 마음, 감성과 방송이 일체가 되었기에 가능한 순간이다.

나는 세련되지 않은 몸과 세련되지 않은 얼굴로 아무리 봐도 아날로그 시대와 잘 맞는 것 같다. 특히 내 마음속은 더욱 그렇다. 오래된 물건들로 집안을 채우거나 남들이 버려놓은 뒤주를 주워다 집안에 들여놓은 것만 봐도 그렇다. 유행은 돌고 돈다고 한다. 옷이 그렇고 헤어스타일이 그렇고 남자들의 양복 깃과 여자들의 뽕 들어간 어깨가 그렇다. 짧은 치마가 유행하다가도 치렁치렁한 긴치마로 거리의 먼지를 몰고 다니는 것도 일정한 주기가 있다. 라고 한다.

레트로 열풍이라며 온갖 방송들이 앞장서서 오래된 기억과 일들을 끄집어내고 있다. '레트로'(과거의 기억을 그리워하면서 그 시절로 돌아가려는 흐름) 나야 이런 현상과는 관계없이 늘 레트로이지만, 잊고 살았던 감성

수기 전문점
A/S 전문점
T.2238-8601 F.2238-8602
이발
5,000

들을 자극하여 불러내는 일들은 내게는 다행한 방송들이 아닐까 싶다. 오래된, 잊혀진, 그리운 기억들을 새로 산 턴테이블에 올려두고 하나하나 돌려본다. 비록 지글거리는 기억이었더라도. 기억은 추억이 되고 추억은 다시 기억되는 것이니.

별일 없으셨지요

수강생들을 만나면 매 번 '별일 없으셨지요.'라고 묻고 시작을 한다.
나도 모르게 같은 자리에 서면, 별일 없었냐는 인사를 건네게 된다. 그러다 문득 참 멋진 인사라는 생각에 닿게 된다.

사람이 살면서 별일이라는 일 때문에 많은 일들이 있게 된다. '별일' 이 있고 없고는 특별히 기쁘거나 슬픈 일 없이 그냥 무탈하냐고 묻는 말이다. 그러던 중 한 수강생이 '선생님도 별일 없으셨지요.' 한다. 물론 별일이 있었으면 그들이나 나는 이 자리 이 공간에 함께 있지 못했을 것이다. 매 번 매 순간 아무렇지도 않게 묻고 물어오는 인사에 많은 얘기가 묻혀있다.

고향에서는 어른들이 동네를 돌다 만나거나 옆집이라도 가게 되면 어김없이 밥은 잡쉈냐고 물어본다. 어릴 때는 왜 시도 때도 없이 밥은 먹었냐고 묻는 건지 궁금했다. 아침이면 아침밥은 드셨는지, 점심이면 점심은 또 드셨는지, 이런 인사가 왜 굳이 밥이어야 하는지 몰랐다. 먹고사는 일이 고단한 시절이라 밥을 인사에 끌어

들였는지도 모르겠다. 밥을 먹어야 일을 하고 힘을 쓰며 살아 있는 것이며, 먹는 일이 사는 일에 전부였던 시절이었을 테니 인사가 참으로 적절했다는 게 지금에야 드는 생각이다.

이상한 게 또 있다. 지금도 많은 사람들이 자주 사용하고 있고 아직도 잘 이해되지 않는, 이해보다는 그냥 그 말의 깊은 속내를 알아차릴 수 있을 것 같다. "들어가세요."

아니 어딜 그렇게 시도 때도 없이 들어가란 말인지. 반가운 사람끼리 통화를 하고 끊을 때도 편하고 쉬운 것은 물론 습관처럼 튀어나오는 말이 '들어가세요.'다. 통화는 카페나 집, 아니면 길을 가다가 또는 마트와 같이 장소를 달리해서 하는데 끊을 때의 하는 말이 들어가란다. 참 재미가 있다. 전화기 속으로 들어가야 하는지.

그이와 그녀가 만난 후, 또는 그이와 그이가 만나거나, 그녀와 그녀가 만나고 헤어질 때도 들어가야 한다. 들어가라고 하는 말의 뜻에도 들어가야만 하는 것이 아닌 많은 의미가 숨어 있을 것이다. 습관처럼 뱉어지는 들

어가라는 말이 참 정겹다.

아주 오랜만에 친구와 통화가 되거나, 아주 급하게 가
던 중 길에서 우연히 반가운 사람을 만날 때 우리는 흔
히 이렇게 말한다. '다음에 밥 한 번 먹자'라고.
먹는 일은 참으로 중요한 인사다. 다음에 밥 한 번 먹자
라는 말속에는 언제가 될지 모르지만 그때는 지금처럼
아쉽게 헤어지지 말고 긴 시간 함께 하자라는 의미도
숨어있다고 봐야 할 것이다.

요즘 들어 흔히 하는 인사가 왜 이렇게 끌리고 다정한지.

매듭

6인실 병동에는 초췌한 노인이 눈만 껌뻑이고 있다. 앙상하게 뼈대만 남은 채 비슷한 모양을 하고 한 사람씩 침대를 차지하고 누워 있다. 허공을 덩그마니 쳐다보고 있거나 통증이 심해 앓는 소리로 데시벨이 점점 올라가거나 헛헛한 웃음을 지으며 혼잣말을 내뱉거나 그도 저도 아니면 종일 잠에 빠져 있다. 살아온 세월이 먼지처럼 두껍게 더께로 내려앉아 침대를 가라앉히는 중이다. 음울한 기운과 무거운 침묵이 6인 병동을 떠다니고 있을 뿐이다.

요양시설의 일상적인 모습이다. 오랫동안 환자의 곁을 지켜줄 수 없다는 생각과 더불어 또 다른 이유로 인해 생명을 연명하고 있는 환자가 요양이라는 이름으로 포장된 채 가족과 격리되고 있다. 병동의 환자들은 의식이 있거나 없거나 외롭고 거칠기는 매한가지다. 수개월에서 수년까지 생명을 연장하고 있을 뿐이다. 회생의 가능성이 없는 환자에게 퇴원을 권유하면 바쁘고 힘든 일상과 함께하는 우리는 여러 가지 다양한 이유로 요양시설로 재입원을 시키게 된다. 이곳에 있는 6인 병동의 환자들의 삶은 원했든 원하지 않았든 이곳에서 매듭짓게 될 것이다.

여섯 명의 환자 중에는 내 시아버님도 있다. 평소에 무척 건강했기에 말기 암이라는 얘기는 듣고도 믿기지 않았다. 이른 여덟이라는 나이에도 무척 건강했다. 갑자기 찾아온 신장암은 말기가 되어 고칠 수 없는 지경이 될 때까지 놀랍게도 통증도 전조증상도 수반하지 않았다. 그렇기에 병원을 찾는 시기를 놓치고 치료조차 할 수 없는 상태가 되고 말았다. "이 환자에게는 더 이상의 치료가 소용 닿지 않습니다, 퇴원하셔도 좋습니다."라는 얘기를 듣는 것으로 짧은 병원에서의 입원생활은 끝이 났다. 병원에서 확인해 줄 수 있는 것은 길어야 3개월이라는 매몰찬 말뿐이었다.

아버님은 7남매를 두셨다. 우리는 모두 일상생활에 바쁘다는 가식적인 핑계를 댄 채 요양시설로 모셨다. 모신 게 아니라 서로 책임지지 않으려 했다는 게 더 맞는 말일 것이다. 시설에서 시간을 오래 끌게 될 것을 염려하며 환자 본인의 의지와는 관계없이 떼밀 듯 입원 시켰다. 카랑카랑했던 음성은 말기 암 진단을 받고서도 여전했으나 요양시설에 입원하는 그 때부터 중증환자가 되었고, 눈동자는 점점 초점을 잃어 갔다. 의식이 가물거리는 날에는 환각 속에서 꿈속을 헤매듯 오래전 돌아가신 시어머님을 봤다고 하거나 조금 전에 어머니가 계셨는데 어딜 갔느냐고 찾는다. 기억의 회로가 뒤엉켜 오류가 생기기 시작하기까지는 오랜 시간이 필요하지 않았고 점점 알아들을 수 없는 말들로 당황스럽게 했다. 그렇게 5개월 동안 흐리고 맑은 날들을 오가며 병원에서 확정해 준 3개월을 지나 두어 달 더 사신 후 힘들고 고단했던 일흔여덟 한 남자의 인생이 매듭지어졌다.
몇 해 전 시어머님은 저녁밥을 잘 드시고 일어서다가 쓰러져 1년이 넘도록 병원 생활을 하다가 돌아가셨다. 저혈압으로 인한 쇼크였다. 어머님을 봉안당으로 모시던 날 평소에 어머님 속을 부단히도 썩이던 아버님은 어머님의 영정 사진을 안고 꺽꺽 마른 울음을 우셨다. 짝을 잃어버린 지아비의 때늦은 후회가 섞인 회한의 물기였다. 시어머니와 같은 과정을 거쳐 나란히 모셨다. 그 날 어머님을 안치하던 날의 아버님 모습이 자꾸 떠올랐다. 어떤 이유였는지 내내 마른 울음을 삼키던 그 모습이 가시지 않고 나를 힘들게 했다.
오래전의 일이다. 몇 날을 불면에 시달리다 잠이 들었다. 깨어보니 이불이 흥건히 젖어있었다. 내 의지와는 상관없이 꿈속에서 이루어진 일이다. 돌이켜보면 아버님 역시 꿈속에서 가물거리는 기억의 언저리를 맴돌고 있었을 것이다. 곁에 계시지 않는 시어머님을 찾거나 보았다는 기억들은 분명히 꿈속을 헤매며 흥건하게 젖어있던 이불처럼 흔적만 남기고 있었는지 모를 일이었다.

딸아이의 혼인날을 받아놓고 날이 겹쳐질까 염려가 많았다. 일찍 소풍을 끝내거나 아주 늦게여야만 했다. 아버님의 병환보다는 내 자식의 대사가 엄연히 컸다. 하루 이틀 새, 일이 벌어진다면 그보다 더 큰 낭패는 없을 것이기에 하루하루 근심거리가 되었다. 사람의 마음은 참으로 간사한 것이라서 제 자식의 일이 먼저였으며 받아놓은 날과 겹치지 않기만을 간절히 바라고 있었다. 아버님은 가물거리는 기억 속에서도 큰 손녀인 딸아이의 혼인을 보고 싶어 했지만 결혼식을 2주 앞두고 쫓기듯 홀연히 세상을 버렸다. 그나마 날이 겹치지 않아 다행이라는 생각에 한시름 놓았지만 이기적일 수밖에 없었던 나는 스스로 못된 며느리가 된 것 같아 깊은 수렁으로 한 번 내동댕이쳐진 느낌이었다.

초점을 잃은 눈빛과 기억의 저편을 오가던 혼란스러

웠던 일도 이불에 실수했던 내 꿈속 흔적도 잠깐의 혼돈이라 생각된다. 잘 못 엮었던 보따리의 매듭을 풀어내어 새로운 매듭을 지어야 할 때가 세상과의 이별이 아닐까. 삶을 살아내면서 어떻게 매듭을 엮고 풀어야 하는지 아버님을 보내고 오던 날 부터 숙제처럼 무겁다.

동백꽃 그녀

햇볕이 염분을 가득 품은 바닷물과 닿아 광채를 더했던 방아머리 선착장. 여느 날처럼 한적한 모습이 아니라 북적거려 두 발을 옮기기조차 힘든 부두의 모습이었다. 여름날 특히 피서 철이라 일컫는 한 때를 어디라도 가야만 하듯 발길을 옮겨가고 있다. 나 역시 그 대열 속에 끼어있다. 몇 해 전부터 나는 승봉도에 푹 빠져있다 승봉도로의 첫 여행은 집에서 가까운 섬이기도 했고 인터넷에서 승봉도에 관한 기사가 많이 떠돌고 있어 그곳에 꼭 한번은 가봐야겠다고 생각했다.

여행은 계획하고 준비해서 차분하게 떠나야 하는 것이 맞는 건지 불시에 아무런 생각 없이 훌쩍 떠나는 것이 더 괜찮은 일인지 잘 모르겠다. 계획하고 준비해서 떠나는 여행은 실수와 낭패를 보는 일은 줄어들겠고 깊은 생각 없이 훌쩍 길을 나서는 일은 혼란스러움은 있을지라도 나름의 묘미는 있을 것이다. 나의 승봉도 여행은 가끔은 계획을 했지만 순간의 생각으로 훌쩍 떠나는 것에 가깝다.

처음 승봉도를 가게 되었을 때는 이른 아침에 출항하는

배를 타고 들어갔다가 승봉도에서 오후 배를 타고 나올 요량이었으니 준비가 더더욱 없었다. 섬 여행의 묘미(?)라고 할까? 섬은 천의 얼굴을 가지고 있다고 하는데 그날도 맑고 화창했던 날씨는 온데간데없고 오후에 돌아오고자 했던 생각은 생각일 뿐 들어오거나 나가는 배가 없어 폭풍전야에 꽁꽁 정박해 놓은 부두의 배들과 함께 옴짝도 못하고 승봉도에 갇혀버렸다. 파랑주의보가 내렸다는 동네 이장님의 스피커를 통해 쩌렁쩌렁 울리는 안내방송에서 사태의 심각성을 알게 되었다. 섬에 들어가면 나올 때는 내 맘대로 움직일 수 없다는 지인들의 말이 내게 와서 부딪혔다. 다음날 아침배도 오후 배도 또 그 다음날도 여전히 바다는 주의보가 내려 부슬부슬 비까지 내렸던 승봉도에 나는 정박당하고 있었다. 갑작스럽게 내려진 주의보 탓에 잠 잘 곳을 구해야만 했다.

3일 동안 묵었던 민박집 할머니는 잊고 살았던 '정'을 느끼게 해 준 고마운 분이다. 할머니가 운영하는 허름한 민박집은 그때의 인연으로 승봉도를 찾게 만드는 중요한 이유가 되었다. 돌아보니 그 일이 두고두고 생각되고 얘깃거리가 되는 걸 보니 나름 추억을 많이 만들어 준 여행이었다. 준비 없이 들어갔던 승봉도 여행이

해마다 그곳을 다시 찾게 되는 계기를 만들어줬다. 그 후로도 해마다 한 번씩은 승봉도행 배에 훌쩍 오른다.

준비성이 부족한 나는 올해도 계획하지 않은 채 승봉도행 배에 올랐다. 부두에서 승선권을 구입하고 배에 올라 할머님께 전화를 걸었다. 지금 배를 탔고 이틀 동안 그곳에 머무를 예정이라고. 할머님은 왜 이제야 전화를 하냐고 하시며 당일만 가능하고 다음 날부터는 예약손님들로 빈방이 없는데 어찌할 거냐고 걱정하신다.
"일단 배는 탔으니 데리러 나와 주세요."라고 말씀 드리고는 하룻밤은 또 어디서 묵을까가 살짝 염려는 되었지만 뱃머리 가득 따라오는 갈매기의 장관에 염려가 묻혔다. 봉황의 머리모습과 비슷하다 해서 붙여진 승봉도는 생각만 떠 올려도 내게는 흐뭇한 미소가 번진다. 달달거리는 승합차를 끌고 일흔 살의 할머니는 마치 공항에서 피켓을 들고 지인을 또는 여행객을 기다리는 어떤 모습으로 부둣가를 응시하고 계신다. 알록달록한 티셔츠와 깔 맞춤을 한 것 같은 알록달록 몸뻬, 그리고 불그죽죽한 장화를 신고 언제라도 펄 밭에 들어가 바지락을 캘 준비를 완벽히 갖춘 채 예고 없던 나를 기다린다. 마

치 뭍으로 시집보낸 딸이라도 마중 나온 냥 배에서 내리는 여행자들 사이로 시선이 바쁘다. 고물 승합차를 타고 민박집에 도착하여 짐을 풀고 한 숨 돌리는데 할머니는 휴지 수세미 행주 모기약 등 온갖 것들을 잔뜩 챙겨 내려놓는다. 민박집은 그야말로 여행객이 다 준비해야 하는 것으로 알고 있는데 할머니네 민박은 민박이 아니라 호텔이다. 수건까지 몇 장씩 건네주는 할머님의 정성으로 이곳을 찾게 되는 게 아닌가 싶다. 물론 승봉도의 해수욕장이나 주변 환경은 해외의 그 어떤 여행지와도 손색이 없을 정도지만 내가 승봉도를 찾는 이유는 할머니가 있어서가 첫 번째다. 하루를 묵고 다음날 예약된 방손님이 아침배로 들어왔다. 그 손님 역시 단골손님이라고 하신다. 내게 편하게 잘 수 있는 다른 민박집을 알아보라고 하시기에 다른 곳에 가고 싶지 않은데 그냥 할머니 방에서 함께 있을 수 있겠냐고 묻자 다른 집에 가고 싶지 않다고 한 말에 오랫동안 묵혀두고 쓰지 않던 방 하나를 내어 준다. 아침에 일어나 펄 밭에 태워다 주시고는 집으로 돌아와 묵혀 뒀던 방을 말끔히 닦아 잠을 잘 수 있게 해 놓았다. 어릴 때 시골에서 치고 자던 파란 모기장을 쳐 놓았는데 얼마나 오래된 모기장인지 군데군데 삭은 곳을 꿰매 놓은 것이 정겹다. 성수기의 하루 숙박비가 회자되는 요즘 나는 친정집보다 더 친정집 같은 곳에서 이틀째 밤을 보낸다.

도로보다 푹 꺼진 곳에 위치한 할머니 민박집 뜰에는 여행객들이 반찬에 넣어 먹을 수 있도록 고추와 깻잎이 심어져 있고. 빨간 봉숭아도 주인을 기다린다. 크리스마스 때 까지 봉숭아 물 들인 손톱에 흔적이 남으면 설레는 첫사랑을 만날 수 있다는 전설을 믿으며 손톱에 물이라도 들여 보고 싶다. 봉숭아 물빛이 발그레하다. 할머니의 장화처럼.

생각덜기

책임감은 선천적이 아닌 다분히 맏이로 태어나 생긴 후천적 무게였다.
아들을 보려고 줄줄이 아이를 낳았지만 딸을 셋씩이나 낳고서야 아들 둘을 보게 된 부모님.
넉넉하지 않은 살림살이를 보듬고 살아가려면 부모는 늘 일을 해야 했고, 동생들을 건사하는 일들의 많은 부분은 내 책임이어야만 했다. 두 살 터울로 생긴 동생이 넷이나 되니 나의 어렸을 때의 생활은 호락하지 않았다. 그때는 지금처럼 꽃집에 가서 꽃을 맘껏 살 수 있는 시절이 아니다 보니, 엄마는 목단이나 작약 꽃을 떼다가 서너 송이씩 묶어서 어딘가에 내다 팔고 오곤 했고. 아버지는 직조공장에 출근을 했다. 그래도 그때는 춥고 배고프고 넉넉하지는 않았지만 속 깊은 사람이 살았다.

막내 여동생이 대학을 가게 되었는데, 살림살이가 궁핍하여 대학 등록금을 마련하기 쉽지 않았다. 내가 결혼하던 해였다. 생각에 생각을 보태도 어쨌거나 학교를 보내고 볼 일이었기에 결혼반지를 전당포에 맡기고 빌린 돈으로 등록금을 거들게 되었다. 지금 생각해 보면 정말 기특하고 대견하고 참으로 잘한 일이며 어디서 그

렇게 깊은 마음이 나왔는지 모르겠다, 지금은 그때의
형편과는 사뭇 달라졌음에도 비슷한 경우가 생긴다면
그때처럼 그런 넓은 마음일까 싶다.

땅은 비를 계산하지 않는다

어디선가 들은 말 중에 땅은 비를 계산하지 않는다. 라는 말이 있다. 너무나 놀라웠던 말이기에 아직도 마음에 남아있다. 마치 부모가 자식에게 어떤 대가를 바라지 않는 무한 사랑인 것처럼 땅도 마찬가지라는 생각에 무릎을 쳤다.

비의 양에 관계없이 내리는 비를 고스란히 온 몸으로 받아내는 땅, 뜨거운 땡볕도 어쩌지 못해 그저 묵묵히 화상을 입어가면서도 오늘을 견뎌내는 기특하고 자랑스럽고 대견한 땅.

"땅은 비를 계산하지 않는다."

무인시스템

마트에 갔다. 마트 밖에서 사 온 물건을 들고 매장에 갈 수 없다는 말에 물품보관함에 물건을 잠깐 보관해야 했다. 아파트 층층을 연상시키게 만들어 놓은 물품보관함은 다 셀 수 없을 만큼 숫자가 많았다. 이용해 본 적이 없는 나는 난감 그 자체였다. 눈은 점점 나빠져 자잘하게 쓰인 글씨는 눈에 들어올 리 만무하고, 어떻게 쓰는 것인지 자동으로 누르게 되어있는 계기판을 보며 꿈벅꿈벅하고 있는데 인터넷 광고하는 아주머니가 다가와 알려준다. 알고 보니 어렵지 않았지만 까막눈처럼 사용법을 모르는 나로서는 난감하기 그지없었다. 지금까지의 어설프고 어벙 벙한 내 행동은 보관함 위의 카메라가 가감 없이 녹화를 뜨고 있다.

얼마 전에는 동네에 새로 생긴 베트남 쌀 국숫집에 갔다. 무인 주문을 하지 않으면 주문이 되지 않는 세련(?)된 곳이었다. 도대체 어떻게 해야 하는 건지 그곳에서도 헤맸던 경험이 있다. 한글을 모르는 것도 아닌데 왜 기계 앞에서는 유독 작아지는 건지 나도 모를 일이다. 나름 똑똑한 축에 속한다고 자부하고 살아왔고 살고 있는데 주문 하나를 못해서 쭈뼛거리고 있는 자신이 참

한심했다. 편리한 건지 불편한 건지 이해되지 않는다. 인건비를 줄이기 위한 일이라며 여기저기 설치되는 무인 계산기. 나만 불편한가.

할머니 할아버지들이 밥집에 가서 이것저것 불편하니 '백반 주시오' 한다는데 그 말도 일리가 있다. 메뉴에 대해 잘 모르기도 하고 불편하니까 가장 익숙한 '백반'을 시키는 것은 아닐지. 카드나 현금을 넣고 원하는 메뉴를 누르니 카드와 영수증이 나오고 앉아서 기다리라는 말도 없었으나 앉아서 잠시 기다리니 저만치서 내 차례가 깜빡깜빡 번호로 뜨고, 나는 가서 주문한 음식을 받고 스스로 수저와 밑반찬을 담아서 드디어 테이블에 앉는다. 정이라고는 눈곱만큼도 없는 이 불편함. 나는 내 돈을 내고 내가 밥상을 차려서 밥을 떠 넣고 있다는 사실이 유쾌하지 않다.

부연 附椽

월세방의 얇은 벽 사이를 넘나드는 말소리가
소문에 소문을 낳는 소문의 꽁무니가
발가락 사이로 빠져나간 세월이
뒤틀리는 우리들의 운명이
옛일을 기억하지 못하는 세월이
운명처럼 얽힌 손바닥의 선들이 가렵다.
오래된 서까래는
분칠을 하고
새로운 기억을 시작한다
지분거리는 옛 일들은 전두엽 깊이 묻어두고
오늘부터 부연(附椽)을 달아본다
서까래 치수가 다른들 어떠할까
비 오면 비 피하고
해 낮은 겨울이면
대청마루까지 깊이 해 들게 하면 되는 것을

*부연(附椽): 처마서까래의 끝에 덧얹는 네모지고 짧은 서까래

까칠함과 정확함 사이

그녀의 성격이 정확하거나 확실한 건지, 뾰족하거나 까탈스러운 건지 도무지 알 수가 없다. 더러는 정확한 것이 맞는 것처럼 보이다가도 가끔은 정나미 떨어질 만큼 짜증을 불러오는 특별한 재주가 있다. 여전히 모르겠는 것은 그녀의 본모습이다.

정확, 명확, 확실하면서 까다로운 거 거나 뾰족하거나 까칠하면서 아무것도 없는 별 볼일 없는 그녀거나.

그게 나라면,

e메일과 주소

컴퓨터 앞에 앉아 가장 먼저 하는 일은 메일을 열어보는 일이다. 지금이야 손에 휴대폰이라는 컴퓨터를 한 대씩은 들고 다니는 시대지만 불과 얼마 전까지만 해도 꼭 컴퓨터를 켜야 메일을 확인할 수 있었다.

천리안 시대에는 메일 주소를 만드는 일에 무척 공을 들였다. 어떻게 만들어야 하는지를 몰라 한참을 고민하다 어설프게 만들어서 쓰기도 했다. '메일 주소'라는 것 자체도 불편하고 이해가 되지 않던 시절이었다. 또 '천리안'이라는 이름에서 묻어 나오는 의미나 느낌이 꼭 나를 천리안처럼 쳐다보고 있을 것도 같았다. 물론 이것도 나만의 짧은 생각이거나 기발한 생각이었을지도 모르겠다. 가끔 다른 사람의 생각도 그랬는지 알고 싶을 때가 있다. 이 글을 읽는 여러분은 그냥 편안하셨는지.

주소는 또 왜 필요한지 당시만 해도 주소라는 것은 집 주소가 주소의 전부여서 메일에 주소를 붙인다는 것이 여간 어색한 게 아니었다. 지금 생각해 보면 그렇게 어색했던 생각이 더 어설프고 어색하지만. 메일을 들락거리는 매일을 살아가고 있다. 사람마다 메일을 열어보는 이유는 다양하겠지만, 일을 하고 있는 사람으로서 메일은 없어서는 안 될 큰 소통창구다. 많은 양의 알림 내용을 메일로 주고받거나, 필요한 내용을 나의 메일에 저장해 두기도 한다. 유에스비라는 이동 장치에 저장 해 둔 정보가 강의실에 도착해 열어보면 말끔히 지워져 어떻게 강의를 해야 할지 눈앞이 캄캄해졌던 경험이 여러 번 있던 터라 실수를 대비해 메일에 다시 한 번 저장해 둔다.

가끔 내 집에 불청객이 찾아오듯 메일도 마찬가지로 굳이 알고 싶지도 초대하지도 않은 편지가 제 맘대로 들락거린다. 들어오지 못하게 문을 닫아걸 듯 스팸이라는 울타리를 쳐 놓아도 어쩌면 잘도 뚫고 버젓이 안방에 들어와 앉아있는지, 이처럼 요긴한 소통창구이면서도 맘대로 드나드는 손님을 막을 도리는 없다. 열심히 걸러서 휴지통에 버려야 한다. 오늘도 집안 청소 하듯 불필요한, 청하지 않은, 받지 않아도 될 메일은 싹싹 쓸어다 버리고 말끔히 정리해 둔다.

메일을 열어보고 문단속을 하지 않아 낭패를 본 적이

Esc
F1
F2
F3
F4
F5
F6
F7
F8
F9
F10
F11
F12
Backspace
Tab
Enter
Shift
Alt
Ctrl

있으신지.
열어보고 닫지 않는 것은 어딘가 여행을 가면서 대문을 활짝 열어놓고 가는 것과 같다. 물건을 잃어버리고도 잃어버렸다는 사실을 모르고 있을 때는 마음이 편하지만 소소한 작은 것 하나를 잃어버려도 신경이 많이 가는 것이 사실이다. 개인의 노트북이라면 상관없겠지만 함께 쓰는 컴퓨터는 특히 문단속에 신경 쓸 일이다.

쉐어하우스의 가스렌지는 쓴 사람이 반드시 잠궈야 탈이 없듯~
문을 잠그듯 가스렌지 콕크를 잠그듯 메일의 대문도 잘 잠글 일이다. 그래야 남의 집으로 가지도 오지도 않을 테니.

인공에 대한 찬 반

인공이 뭐가 나쁜가요. 인공이면 어때요.
예뻐지기 위한 노력이고 좋아지기 위한 노력이며 온통
주변은 인공적인 것을요.
인공으로 만든 숲에서 만들어 내는 숨은 가짜인가요
인공으로 만들어도 꽃도 새도 동물도 식물도 함께 머무
르는 것을요.
인공눈물, 인공 빗물, 인공 가슴, 인공 숲, 인공은 원래
있었던 것을요.
있던 것에 숟가락 하나 올린 거예요.
가끔은 그 숟가락이 있던 것을 덮어버린다는 게 헛갈리
지만요.

참나무

아빠와 올라간 야트막한 산에는 나무가 빼곡하게 심겨 있어요.
잎이 넓기도 하고, 잎이 뾰족하기도 한 나무가 참 많아요.
아빠가 말했어요. 노루궁뎅이가 있으려나! 내가 말했어요.
아빠! 노루가 있어야 노루궁뎅이가 있지요.
다시 아빠가 말했어요. 노루궁뎅이는 참나무에서 자라는 거라고
참나무는 참! 신기해요. 어떻게 노루궁뎅이 모양의 버섯을 키워낼까요.
정말 노루의 궁뎅이같아요.

3 장

뭐하고 살아!

흘러간 것은 아름답다는 말이 있다. 흘러간, 지나간 것은 모두 아름다울까
'흐르다, 라는 것은 내 생각과는 다르게 세월이 지남에 따라 어딘가에 와 있을 때 뒤돌아보는 모습이다. 흘러간 옛 노래, 흘러간 팝송, 흘러간 세월, 등 그것과는 사뭇 다르게 흘러간 것 중에 '친구'는 없다. 흘러간 친구!
'흘러간 친구'가 없다는 것은 친구는 예나 지금이나 친구일 뿐이라는 말인지, 친구에 관한 한 과거와 현재가 없다는 것인지.

며칠 전 몸이 너무 피곤해 잠깐 눈을 붙이고 일어나 보니 여러 곳에서 온 메시지가 전화기에 남아있어 그중 가장 마음이 끌리는 '환경 000 협회'에서 온 문자를 열었다. 제목과는 다르게 밴드로 초대한다는 초대장이었다. 평소 환경문제에 관심이 있어 밴드에 가입한다는 수락을 누르고 들어가 보니, 중학교 동창 밴드였다. 내용은 이랬다. '예순을 바라보는 우리들이 이제는 친구들을 만나야 되지 않겠나.'
밴드에는 이미 열댓 명의 친구들이 가입해 있었다. 그 중 메시지를 보낸 사람은 내 기억에는 가뭇한 사람이었

다. 개명을 많이 하는 시대고 보니 그럴지도 모르겠다는 생각이 잠시 스쳤을 뿐 이름이 중요하진 않았다. 그렇잖아도 친구들끼리 가끔 만나면 내 얘기를 하기도 했다며 가입한 내 글 위에 한 친구가 반가움의 표시를 남겼다. 그러더니 밴드 톡으로 안부를 물어왔다. 내가 알고 있던, 중학교 때 그 아이와는 닮은 구석이 없는 사진에 다시 한 번 확인을 해야 했다. 지난번 동창회 때 찍은 사진이라며 너 댓 명이 함께 찍은 사진을 올렸다. 그 어디에도 내가 알던 미애는 보이지 않았다. 그래서 톡을 하고 있는 당사자에게 미애! 하고 되묻자 그래 나야 한다. 얼마 후 또 다른 친구가 글을 남겼다. 도대체 나를 알 수 없다는 글이다. 내가 그렇게 존재감이 없었나 싶은 게 여간 섭섭지 않았다. 정말 많은 세월이 지나 글로 만나는 친구들임에도 반가움이 컸다. 미애는 내게 어디에 사냐며 물었지만 뭘 하고 사는지는 물어오지 않았다. 다만 가깝게 지내는 친구가 누구냐는 물음에 생각이 많아졌다. 내가 가깝게 지내는 친구, 그러고 보니 그런 친구가 그 어디에도 없는 나였다. 사는 게 바빠서 그럴 겨를도 없이 이렇게 살고 있다고 답하고 언제 얼굴이나 보자라는 말로 마무리를 했다.

잠시 후 또 다른 친구는 대뜸 직업이 뭐냐고 물어왔다. 직업이 무엇이고 뭘 하고 사는지가 그 친구에게는 관심거리인 모양이다.

나는 친구에게 이렇게 물을 것이다.
"보고 싶다 친구야 우리 언제 볼 수 있어!"

여전 할것인가
역전 할 것 인 가
D-

다시

도망친 그 여자는 포클레인 기사다. 얕고 깊은 고랑과 듬성이를 오르고 내리던 굽이굽이 인생을 참 어렵게도 살아냈다. 그러던 그녀가 달아났다. 고달픈 인생이 싫다고 힘겨운 생활이 너무나 싫다고 그러던 그녀가 깊은 한숨을 몰고 돌아왔다. 포클레인 속도만큼 느릿한 젊음을 숨기고 시간 속으로 저벅거리고 들어왔다 다시 해 보겠노라고, 더 힘을 내 보겠노라고.

명품향수 특별전
90 SALE
60 40% SALE
미용비누
면봉
각티슈
1,000

한글공부

양원 주부학교 6학년 1반, 배우지 못한 게 한이 되었다는 일흔을 바라보는 그녀의 얼굴은 만면에 웃음 띤 초등학교 6학년 그대로다. 어쩌면 화면 속에 비친 모습이 저리도 투명할 수 있을까 싶다가도 살아온 날들에 대해 반추할 때는 서러움이 겹겹이 묻어나 표정 그대로 읽히고 있다. 무엇이 그토록 그녀의 생을 힘들게 했던지 밝은 표정 아래 간간이 묻어나는 열두 서넛 나이의 감옥 같았다던 남의집살이에서 지금의 맑고 밝은 삶으로 이끌었는지. 식모살이하던 어렸던 그 시절 언 밥을 먹고 언 방에 잤던 것도 모자라 주인 여자의 화풀이로 뾰족구두를 신은 어른 발이 조그만 소녀의 발등을 밟았고 발이 부러질 것 같은 고통을 한두 번 겪은 게 아니라고 말하는 김갑순 씨의 눈이 벌겋게 달아오른다. 속상했던 그때를 생각하며 당시의 주인에게 한마디 해 보라는 진행자의 말에 그녀는 나도 잘 살 테니 잘 사시라고 한다. 김갑순 씨를 보면서 나는 내 엄마가 생각난다. 먹고살기 어려웠던 때 초등학교도 제대로 갈 수 없어 공부할 수 있는 기회조차 갖지 못한 김갑순과 내 엄마는 동일시된다. 그 당시는 왜 모두가 그렇게 어려웠던지. 언젠가 엄마는 어디서 배웠는지 한글 이름을 삐뚤빼뚤 써

보인 적이 있다. 별 반응 없이 그냥 시큰둥하게 '잘 썼네.'라고 하고 말았던 일이 지금 생각해 보니 어이가 없다. 얼마나 많은 노력을 기울여 얻어낸 이름 석자였을 텐데 그 공을 알기는커녕 대수롭지 않게 대답했던 그 일은 다시 생각해도 크게 잘못한 것 같다.

방송을 통해 본 어르신들의 배움터 양원주부학교에는 대단히 재주가 뛰어난 분들이 많은 것 같다. 글을 배워서 삶의 주변풍경들의 감상을 시로 표현하거나, 굽은 등의 자신을 그려 시와 그림으로 꾸미는 분, 참으로 정답고 따듯하다. 어느 누가 이보다 더 소통되고 교감되고 감동되는 인생이야기를 글로 표현해 낼 수 있을까 싶을 만큼 따듯하고 감동스럽다. 한 분의 할머니는 여든이 훌쩍 넘었지만 굽은 불편한 걸음으로 몇 번의 전철을 옮겨 타며 학교에 다니고 있다. 힘들지 않냐고 묻자, 눈만 뜨면 학교에 가고 싶어 제일 먼저 학교에 도착하여 예습을 한다고 한다. 늘 학교에 대한 그리움이 있던 우리엄마 최 여사 역시 저런 간절함일지도 모르는데.

왜!

커피를 빼놓고는 요즘을 말할 수 없는 일상이 되었다. 누군가는 일어나서 제일 처음 하는 일이 커피 내려 마시는 것이라고도 하고 누군가는 책 한 권 들고 카페에 가서 종일을 소일한다고도 한다. 나 역시 커피를 뺀 하루를 말하기 어렵다. 알게 모르게 잔 수를 세지 않아 그렇지 많은 양의 커피를 들이키는 사람이다. 가끔은 이렇게 마셔도 괜찮을까 하는 생각이 들기도 하지만, 남들처럼 마셔서 부작용이 있는 것도 아니고 부작용의 가장 많은 부분을 차지하는 불편을 초래하는 것도 아니기에 종류를 가리지 않고 먹는다.

한때는 유행처럼 손에 커피를 들고 다녔다. 커피를 손에 들고 다니는 일이 들불처럼 번져 유행 아닌 유행이 된 이유 중 뉴스나 타 매체에서 보여 지는 여의도를 포함한 일터의 거리에서 너, 나 할 것 없이 점심 후 일회용 용기에 빨대까지 꽂아 거리를 활보하며 한 모금씩 빨아대는 장면이 숱하게 많았다. 왠지 모르게 식 후에는 꼭 그렇게 먹어야 되는 것처럼 보이는 것이 이상하리만큼 빠르게 번졌다.

고향이 같은 선배는 잘 나가던 컴퓨터 대리점을 접고 그 자리에 카페를 열었다. 처음에는 대리점의 반을 카페로 만들어 운영하더니 야금야금 넓혀 이제는 대리점 공간 모두가 카페가 되었다. 오가다 보면 늘 만석이 되어있는 카페를 보게 되니 그 이유가 분명해 보인다.

모두가 세상의 빠름을 따라 움직인다. 뉴스에서 알려주는 사람들의 생활패턴을 따라 위성도시로 지방 중, 소도시로 번져간다. 누가 일러주지 않아도 유행은 그렇게 진행되고 있다. 가끔은 슬로푸드니 자연스러운 시골생활에 호기심을 자극하는 산촌살이를 방송하기도 하지만 어쩐지 그 속도는 일회용기의 그것을 따라가지 못하고 있다.

이제 유행이 바뀌고 있다. 어제도 그제도 현재의 유행은 환경이 포함된 미래가 되고 있다. 커피풍경을 보여주던 화면은 기후관련 퍼포먼스를 보여주기 시작하고 있고 배를 가른 바다의 고기를 보여주기 시작했다. 고기 뱃속은 비닐봉지나 우리가 맛있게 먹고 버린 커피용기들로 가득 차 있다. 새로운 먹거린 줄 알았을지, 먹어왔던 먹이로 보여 착각했을지 잘못된 판단을 하고 먹고 죽은 것이다.

하루에 수없이 많이 사람들 손을 통해 섭취되고 버려진 일회 용기를 너와 나는 다시 내 몸속에 집어넣으며 살고 있다. 순환의 고리를 생각하면 참으로 끔찍한 일이 아닐 수 없다. 왜 우리는 크레타 툰베리처럼 절실하지 않을까 곰곰 생각해 볼 일이다.

바람이의 부재

지난해 더위가 기승을 부리던 날 바람이 떠났다.
식구들이 둘러앉아 바람이라는 이름을 짓게 되었다. 남편이 강 씨 성을 가진 이유로 바람이 앞에는 자연스럽게 강 이 붙여져 강바람이 되었다. 십오륙여 년 전, 초등학교에 다니던 아들을 두고 일을 하게 되었는데 아들이 유난히 동생 타령을 했다. 동생 자리를 대신해 주려고 데려온 강아지가 바람이었다. 태어난 지 얼마 되지 않아 고물고물한 모습으로 애견센터 진열장에서 팔려나가길 기다리던 때, 우연한 기회로 바람이는 가족이 되었다. 가족이라기보다는 엄마의 이기심으로 아들에게 동생 자리를 대신해 줄 거라 생각하고 강제로 가족관계에 끼워 넣게 되었다는 게 더 맞는 말일 것이다. 아들은 정말로 동생처럼 지극정성 바람이와 친해졌다. 엄마아빠와 있는 시간보다 바람이와 함께한 시간이 훨씬 많았고 훨씬 많은 대화를 나눴고 훨씬 많은 산책을 했을 것이다. 부모의 빈자리를 바람이와 함께 했음은 의심의 여지가 없다. 너무나도 어린 아기라 잘 걷지도 못했던 바람이는 잔병치레 없이 건강하게 잘 지냈다. 얼마나 순둥인지 개 짖는 소리도 들을 수 없어서 집에서 키우며 생활하기에는 그지없이 좋은 아이였다. 이 글을 쓰면서 아이니 동생이니 표현하는 것에 있어 불편하게 생각하는 독자들도 있을 것이다. 나도 예전엔 그러고도 남았었으니까. 바람이가 가고 난 지금 생각해보니 이런 저런 이유로 구박도 여러 번 했었다. 수컷이었던 바람이는 쓸데없는 짓을 많이 했다. 이불이며 배게를 열심히 세탁해야했다. 바쁘게 사는 내게 저지레로 인한 세탁해야하는 일은 화를 돋우는 일이었다. 수컷의 왕성한 활동을 잠재울 대상으로 이불과 베게에 숱하게 욕구를 해소했던 바람이 무지개다리를 건널 때까지 한 번도 자유롭지 못했을 바람이에게 더 많은 살뜰함이 없었던 기억들은 고스란히 후회로 남아있으며 문득문득 그립다.

뚜껑을 열다, 뚜껑이 열리다

"뚜껑" 자주 쓰는 말이거나 자주 보는 단어인데 "뚜껑" 이라는 두 글자가 생뚱스럽다. 나만 그렇게 보이는 것일 수도 있지만 오늘 조금은 다른 느낌으로 다가오는 뚜껑이다. 자세히 보니 조합이 더 이상하게 보인다. 매번 보던 것들도 어떨 때에는 낯설게 느껴질 때가 있다. 예를 들면 매일매일 주차를 하다 보니 어디에다 차를 세워 뒀는지 기억이 나지 않는 일과, 자주 보는 전화번호의 숫자 자체가 처음 본 듯하다거나, 없어진 물건을 열심히 찾다가 포기했는데 어이없게도 찾은 자리에 얌전히 있는 일도 그렇다. 이런 일들은 다분히 작가의 주관적 생각이다.

이럴 때 나는 뚜껑이 열린다.

가끔 '뚜껑이 열린다.'라고 표현할 때가 많다. 여자보다는 남자들이 많이 쓰는 것 같기도 하고 화났다는 것을 에둘러 표현할 때 이렇게 뚜껑 운운하기도 한다. 여러분은 뚜껑이 열릴 때가 얼마나 있는지, 뚜껑이 열릴 일이 없으면 좋으련만 세상살이 만만치 않으니 이럴 때가 어디 한두 번뿐일까.

오랜만에 지인과 주점인지 밥집인지 혼돈된 자리에서 밥을 먹는데, 뒤 테이블에서 두런두런 남자 둘의 목소리가 들렸다. 나처럼 늦은 밥을 먹거나 술을 반주삼아 얘기하는 자리인 듯 보였으나 점점 음성의 데시벨이 높아지더니 급기야 큰소리가 나기 시작했다.

나랑 관계가 없는 일이지만 들려오는 소리까지 틀어막을 길이 없어 듣자 하니 한잔 두 잔 하다 보니 쓸데없는 관심이 간섭이 되었는지 한 사람이 불뚝 성질을 부린다.

"아~씨 뚜껑 열리네"

싸움은 혼자만의 뚜껑 열림으로 시작되지 않는다. 불뚝 불뚝 소리를 질러대던 남자에게 앞의 남자는 이렇게 숨을 가라앉히게 화를 조절했다.

"농담이야 농담, 농담이라구"

화를 돋우어 놓고 농담이라니 다소 이것도 생뚱맞은 일이었지만 이상하게도 농담이라는 말에 전장은 조용해지고 다시 두런두런 대화소리로 데시벨은 낮아진다.

뚜껑이 열리면 속에 들어있던 내용물은 다 쏟아지게 되어있다. 그렇게 되지 않도록 뚜껑을 덮어 내용물을 보

호하는 것이 뚜껑의 역할이다. 뚜껑을 여는 일과 뚜껑이 열리는 일은 완전히 다르다. 자의적으로 뚜껑을 열어 덮여있던 내용물을 꺼내는 일은 뚜껑을 여는 것이고, 나의 의지와는 상관없이 열리는 것은 뚜껑이 열렸다고 한다. 자의가 아닌 타의의 의해 강제적이거나 실수로 열리는 것을 말한다.

우리는 살면서 얼마나 많은 뚜껑을 열고 있으며 얼마나 많이 뚜껑이 열리고 있는지. 삶을 살아가는 일은 뚜껑과 비슷해서 자의적이냐 타의적이냐에 따라 결과가 다르게 나타나게 될 것이다.

본래의 우리는 그곳에 있는데 다른 우리들이 우리를 막거나 열고 있는 것은 아닌지.

맛난 사과를 잘 고르는 것

누가 그러데요 저더러 사과를 참 잘 고른다고요. 사과를 잘 고르는 데는 그만한 이유가 있어요. 내가 어릴 때 내 엄마는 닥치는 대로 일을 했어야 했지요. 사과장사, 복숭아 장사, 자두 장사, 작약 꽃, 목단 꽃도 팔았고요.

우리 집은 왜 그리 가난했는지 모르겠어요. 가난했는데 자식은 또 왜 그렇게 줄줄이 낳았는지
도요. 엄마와 아버지의 금슬이 좋은 것 같지도 않았는데 잘 모를 일이에요. 그건 내가 알 수도 알바도 없는 일이지만요. 내가 사과를 잘 고르는 이유가 설명이 되었지요. 엄마가 사과 장사를 할 무렵 맏이라는 이유로 리어카를 끌고 엄청 많이 따라다녔거든요. 그래서 알아요. 어떤 사과가 어떤 자두가 어떤 복숭아가 맛있는 건지요. 여름이면 복숭아 까칠한 털들이 몸에 달라붙어 무척 몸이 가렵고 따가웠고, 가끔은 높은 곳에 있는 사과를 따려다 나무에서 떨어진 적도 여러 번이었고요. 다행히 어린 시절이라 뼈가 물렁했는지 부러지거나 탈이 나진 않았어요. 그때는 사과든 복숭아든 살 사람이 직접 나무에서 따야 했는데 지금 생각하면 분업이 이루어지지 않았다고 봐야죠. 그러니까 과수원에서 과일을 직

접 따야 시장에 내다 팔 수 있었거든요. 덕분에 떨어지고 가렵곤 했지만 안목이 키워졌지요. 맛난 과일을 고를 수 있는 엄청난 능력이요.

도전(盜電)을 멈추다

오랜만에 올려다 본 하늘이 꺼멓다. 곁을 지나는 사람들은 마스크를 하고 눈만 간신히 내 놓은 채 걸음을 옮겨놓기에 바쁜 모습이다. 하늘이 거무스름한 것이 미세먼지 때문인지 날씨가 흐린 건지 잘 구분되지 않지만 어떤 이유로든 마스크로 숨을 단속하는 모습이 낯설지 않다. 답답한 마음에 올려다 본 하늘이 답답함을 가중시키고 있다.

요즘의 나는 내 덩치와는 어울리지 않는 1인승 자동차를 타고 다닌다. 환경정책과 관련하여 보조금을 받고 구입하면 작은 돈으로 살 수 있다기에 얼떨결에 신청한 것이 덜컥 당첨이 되었다. 당첨 후 몇 달이 흐른 뒤에야 차를 받게 되었다. 1인승 차를 신청한 가장 큰 이유는 북극곰이 사라질 위기에 처한 절박한 기후변화와 환경정책에 함께한다는 생각도 없지 않았지만 그보다는 지원되는 보조금에 눈이 멀어 신청했다고 보는 것이 더 솔직한 마음이다.

내 소유가 된 1인승 전기자동차는 실용적이기는 하나 여간 불편한 것이 아니다. 일반 전기자동차처럼 지정된 전기충전소를 이용할 수도 없고 가정용 220볼트 콘센트에 꽂아야 되는데, 내가 거주하는 곳은 10층이다. 차를 받고 한 동안은 자동차를 충전할 수 있는 콘센트만 보였다. 아파트 주차장과 매일 다니는 헬스클럽 지하주차장, 또는 마트의 벽면에 숨겨져 있는 콘센트 등 온통 콘센트의 위치였다. 1인승 전기자동차에 가득 충전할 경우 오백원정도의 비용이 발생한다는데 작은 돈임에도 충전할 수 있는 곳이 없어 답답했다. 궁여지책으로 운동가면 헬스클럽 지하주차장 후미진 곳에 숨겨있는 콘세트 옆에 차를 대고 허락 없이 전기를 훔쳤다. 한두 번 훔쳐 써도 말이 없기에 이제 상습적으로 꽂아댔다. 꼬리가 길면 밟힌다고 한적한 토요일 오후 여느 때와 마찬가지로 차를 대고 충전코드를 꽂아두고는 열심히 운동하고 내려와 보니 경고문이 작은 차의 창 전체를 뒤덮고 있었다.

'앞으로 한번만 더 여기서 충전을 하면 행정조치 할 것임' 떨어지지도 않을 만큼 강력한 접착력을 자랑하는 스티커를 제거하며 씩씩거리고 있는데, 저 멀리서 관리인이 옷소매를 걷어 부치며 뛰어와 "당신 차 때문에 내가 얼마나 곤란했는지 아셔"라며 목청을 높였다. 벌겋게 달아오른 얼굴로 나는 “죄송해요 아저씨”를 연발했고 이제 다시는 여기서 충전하는 일은 없을 것이라며 비굴스러운 자세로 미안함을 표시했다. 다음날 훔쳐 쓴 전기값을 대신해 사 들고 간 음료수를 아저씨에게 안기며 미안한 마음을 녹였다.

가장 쉽게 충전할 수 있다고 광고한 1인 자동차가 아파트생활을 하는 내게는 가장 취약한 차가 되었고 현실과는 차이가 많았다. 전원생활을 많이 하는 유럽형 자동차라는 것에 생각이 미치자 잘 알아보지 않고 신청부터 덜컥해버린 자신에게 화가 났다. 차와 집과의 거리가 가까워야 충전을 할 수 있는 것이다. 보조금을 욕심에 덜컥 신청하여 선택된 나도 나지만 이런저런 설명을 해주지 않았던 행정기관에 대한 원망이 생기기 시작했다. 이런 원망을 조금이라도 탓으로 돌려보려 해당 기관으로 전화를 걸어 이러고저러고 불만을 터트렸더니 대뜸 “아니 차를 사시면서 그런 것도 고려하지 않으셨어요?” 한다. 이리저리 눈치만 받고 되는 일이 없으니 참 난감할 노릇이다.

자동차를 세워둘 수는 없고 또 다른 '도전'이 시작되었다. 도전(盜電)이란 전기를 훔치는 일인데 딱히 방법이 없어 내가 살고 있는 아파트 지하주차장 모퉁이의 콘센트를 찾아내기 시작했고 가장 후미지고 다른 사람들 눈에 잘 띄지 않는 곳에 차를 주차하고 또 다시 도전을 시도했다. 이곳에서의 못된 짓도 오래가지 못하고 들통이 나고 말았다. 제발 220볼트의 가정용 전원 콘세트를 연결해 주오. 전기만 쓸 수 있다면 대가를 지불하고 떳떳하게 충전하고 싶으오.

천덕꾸러기 신세가 된 최신형 1인승 전기차가 무용지물이 될 지경이다. 도전(盜電)을 멈추려면 충전을 위해 1층으로 이사를 해야만 할 형편이다. 실소를 금할 수 없는 엄청난 횡재실수다.

다행스럽게 월 만원을 지불하고 충전할 곳을 어렵게 찾았다. 1인승 전기자동차를 한 번 충전하는데 드는 전기요금이 오백 원 정도라고 하니 운행거리가 얼마 되지 않는 내 전기자동차 충전 비용인 월 만원은 누이 좋고 매부 좋을 금액이 아닐까 싶다. 마음 편히 타고 다니며

드는 요즘은, 기후변화로 인해 사라질 위기에 처한 북극곰 살리는 일에 작게나마 동참하고 있다는 생각이 든다. 충전할 곳을 찾으니 그로 인한 스트레스가 없어진 것은 물론이며 매연을 뿜어내지 않는 작지만 알토란같은 1인승 차에 애정이 담뿍 담기는 중이다.

최종라운드 18홀 쓰리 펏

끝까지 포기하지 말라고 배웠다. 끈기를 가지고 열심을 다하면 좋은 결과가 있을 거라고 배웠다. 패색이 짙어갈 무렵 가끔은 무너지기도 더러더러 포기하기도 하지만 그녀는 달랐다. 그럴 때 장 하나는 살아나고 있었다. 아무 일도 아니라는 것처럼 조용하게.

가을볕 멋진 시월 장 하나는 2등이 유력한 4라운드 18홀 쓰리 펏에서 상대의 멘탈을 제압하고 두 손을 치켜들었다.

가끔은 내가 프로 골퍼가 되었으면 어땠을까 생각한다. 멋있어 보이기도 하고 내 체형 상 골퍼가 되었으면 환상적인 게임을 했을 거라 생각한다. 생각과 상상은 자유롭다지만 어쩐지 그랬을 것 같다는 느낌이 자주 드는 것은 자신이 없지 않기 때문이기도 하다. 이렇게 생각하게 된 데는 또 다른 이유도 있다. 알고 지내는 사람이 언젠가 나더러 한 말은 이랬다. "다리통이 아주 튼실하니 000 닮아 골프를 쳤으면 좋은 실력을 냈을 텐데."라고. 하기야 그 말이 내 사유의 확장에 기여한 것은 사실이다.

헬스장에 가서 앞에 보이는 티브이로 늘 골프 중계를 본다. 그렇게 골프를 잘 치는 것도 아니면서 보는 것은 일가견이 있는지 꽤나 재미있다. 선수가 경기를 잘 이어나가면 환호를 하다가도 어려움에 처할 때면 함께 탄식하기도 한다. 오늘도 어김없이 골프 방송을 켜고 대리만족을 하고 있는데 나도 모르게 소리를 지르고 말았다. 임현정 프로가 친 공이 멈춘 듯하더니 다시 굴러 자연스럽게 홀인 되는 것이었다. 임 프로도 생각지 못한 홀인이었기에 겅중겅중 뛰며 캐디와 기쁨을 나누었다. 나 역시 어찌나 의외였던지 소리가 밖으로 나왔었나 보다.

골프를 좋아하게 된 데는 이유가 있다. 혼자 하는 운동인 듯 보이지만 사실은 혼자서는 할 수 없는 것이기에 그렇다. 거리와 방향 선수의 멘탈까지 함께 느끼고 함께 나눠야 하는 캐디가 있어야 온전 체가 될 수 있는 운동이라 생각하기에 그렇다. 한 방향을 바라보고 서로 대화하는 모습이 그렇게 좋아 보일 수가 없다. 삶은 혼자서 살아내는 일이 아니기에 더불어 살아가고 있고 거

기에서 기쁨과 슬픔을 나누고 날들을 보내고 있는 것이리라. 스포츠를 보면서도 세상사를 생각하게 하는 멋진 운동이기에 또 하나씩 배워간다. 000의 최종라운드 18홀 쓰리 펏의 멋진 플레이는 환상적이었다. 000와 비슷한 장딴지를 가진 나는 더 넓은 사유로 들어간다. 돌아갈 수 없는 현실이지만 다시 시작할 수 있다면 내 튼실한 허벅지를 믿고 도전해 볼 일이다.

체형

지인들과 여름캠핑을 갔다. 여름이라는 계절은 쌀쌀하거나 추운날씨의 옷차림과는 달리 반바지나 짧은 티셔츠에 슬리퍼를 신는 것이 가장 무난한 차림일 것이다. 나는 체형 상 한 번도 날씬하거나 볼품 있었던 적이 기억나지 않는다. 이 글을 읽는 독자는 나름대로 작가의 모습을 상상하며 글을 읽어나갈 수도 있겠으나 상상은 맘껏 하시는 것으로.

그날도 남들은 반바지에 티셔츠를 입었지만 과하게 뚱뚱한 다리를 조금은 가려 볼 요량으로 칠부 바지에 칠부 티셔츠를 입었다. 그럼에도 가려지지 않는 다리의 살을 보고 일행 중 한명이 굳이 하지 않아도 될 말을 뱉어냈다. "나이가 들면 하체가 튼튼해야 고생을 안 한대" 라고,
저 말을 꼭 이 시점에 해야만 했을까 괘씸하기 그지없었다. 일행에는 남녀가 같이 섞여있어 그 말은 아무리 여자 같지 않은 여자라지만 듣기에 거부감이 발동했다. "그래 내 다리 엄청 굵지?"라고 응수했다. 그녀는 그런 뜻이 아니었는데 예민하게 받는다고 나를 나무라고 주변에 있던 사람들의 시선은 내 다리를 한 번 더 쳐다보

는 것으로 마무리가 되었다. 다음부터는 몸빼 바지로 다리통을 몽땅 가리던가 해야지 원.

굵은 다리로 인해 한 번도 미니스커트나 쫙 붙는 청바지를 입어 본 적이 없다. 아마 청바지를 입는 내 모습은 그야말로 볼만 할 것이다. 그런 이유로 내게는 청바지라는 것이 애초에 없다. 미니스커드 역시 그렇다. 가장 짧은 옷이라고 해봐야 무릎을 덮을까 말까하는 기장의 옷들이다. 그렇게 태어난 것을 내가 어찌한다고 되는 것도 아니기에 안분지족을 여러 곳에 적용하며 살아가고 있다. 살림살이면 살림살이, 체형이면 체형, 적재적소에 안분지족을 심어두고 살아내고 있다.

가끔은 다른 세상을 꿈꾸기도 하지만.

비번이 변경되었습니다

가르치고 있는 학생이 늦은 밤에 전화를 했다.
"선생님! 내일 면접시험을 보러 가야 하는데 신분증을 교실에 놓고 왔습니다. 들어가서 가져와야 내일 시험을 무사히 볼 수 있는데, 방법 좀 알려 주세요."라고.

나는 가까이에 없어 갈 수도 없는 상황인데, 아이는 큰일이 났다고 사정을 알린다. 이럴 때 가장 좋은 일은 비번을 알려주는 것이다. 비밀번호가 노출된다면 더 이상 비밀이 되지 않겠지만, 다급한 대로 비밀번호를 알려줘야 학생은 중요한 대학 면접시험을 무사히 치르게 될 것이다.
자물쇠가 아니라 천만 만만 다행이다.

다음날
비번이 변경되었다. 노출되어버린 비밀을 다시 비밀스럽게.
비밀을 갖는다는 것! 비밀을 설정하는 일!
짜릿한 것 또는 편리한 것!

지진 5.8

쩌~억
땅이 꺼지는 것 같았어요. 머리 위의 전등갓이 이리저리 흔들렸죠.
며칠을 콜록콜록 기침을 했어요. 감기 때문에 머리가 어지러운 줄 알았죠.

콰~앙
하늘이 쏟아지는 것 같았어요. 갑자기 어지럼증이 느껴지고 모두 거리로 뛰어나왔죠.
이런 느낌 처음이에요 별이 쏟아져 내리는 것처럼, 건물이 내려앉는 느낌은요.

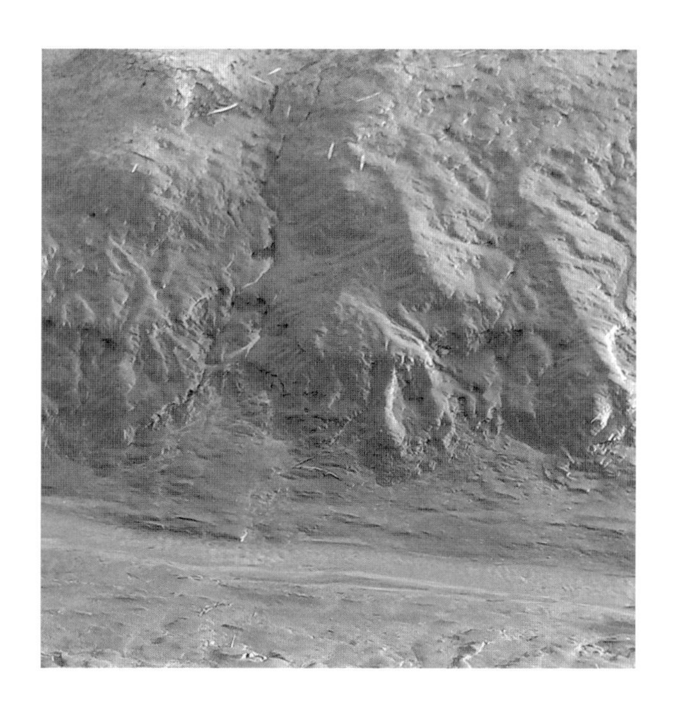

그의 이름은 부강대우 vu cong dieu

지금 내 눈엔 남몰래 눈물이 고여 흐른다. 술을 마시면 고약한 버릇이 있는데 눈물이 많아지는 병이다. 낮술을 한 것도 아니고 그저 허연 연무를 보며 커피한 잔 들이키고 있을 뿐인데 눈물이 난다. 아들 같은 “부강대우”라는 베트남 청년생각이 늘 머릿속에 박혀있다. 내 게 오래된 지병처럼 부강대우가 들어와 앉아 꿈쩍 않는다. 스물네 살의 베트남 청년인 그는 오남매의 맏이로 태어났다. 어머니는 아픈지 오래되었다고 하고 아버지는 경제적 능력을 상실한지 많은 시간이 지났다고 한다.

그를 만나게 된 건 1년 전의 일이다. 일요일이면 외국인 근로자들이 갈 곳은 많지 않다. 산업단지를 두고 있는 지역에서는 외국인들을 위한 외국인복지센터를 대부분 두고 있는데, 이곳에서 한국어교실을 비롯해 운전면허취득과 각종 스포츠 활동도 하게 되고, 자기나라에서 온 친구들을 만나게 되기도 한다. 그런 이유로 일요일이면 늘 외국인센터는 북적거린다. 봉사활동을 하러 가는 곳인 외국인복지센터에서 그를 만나게 되었다. 그는 자주 만나왔던 친구처럼 편안하게 다가왔고, 우리의 말이며 글, 한국생활에 대해 배우려는 자세가 무척 적극

적이었다. 그런 그에게 나는 호감을 갖게 되었고, 한 가지라도 더 알려주고 싶은 생각이 들었다. 매주 일요일이면 그렇게 대우를 만나게 되었고, 자주 만나다 보니 쉽게 가까워지고 친해지게 되었다. 몇 주가 흐르고 함께 급식을 하고, 함께 공부를 하면서 차츰차츰 서로 속내를 말하기 시작했다. 베트남에 애인이 있었다는 얘기에서부터 부모님과 동생들 이야기까지. 베트남은 지형상 상, 하의 이동거리가 상당히 있는 곳이라고 한다. 우리나라로 말하자면 서울에서 부산정도의 거리에 있는 옛 애인과는 멀어서 자주 만나지 못했다는 이야기들이며, 동생들의 철없는 얘기와 부모님의 의존적인 생활태도 등 여러 이야기를 토하듯 뿜어내는 그가 내 맘에 들어와 더 아릿하다.

처음 인사할 때 참 많이 웃었던 기억이 난다. 이름이 부강대우 부강? 대우? 대우를 부강하게? 이런저런 상상을 하며 잠깐 동안 즐거웠는데, 한국에 처음 들어와 공장에 입사해서 직원식당 아주머니가 어려운 부콩대이우라는 베트남 이름대신 비슷한 발음의 부강대우라 부르기 시작했다고 한다. 그때부터 그는 부강대우가 되었다.

베트남에서는 맏이의 역할이 대단히 중요하다고 한다. 맏이는 성별의 구분이 없이 가족의 생계를 맡아야 하는 책임이 일정부분 어깨에 매어지게 된다고 했다. 그 역시 맏이로 태어나 그러한 것에서 자유롭지 못했고, 또 그런 이유로 한국에 오게 되었다고 했다. 자그맣고 깡마른 체구에 하얗고 가녀린 손은 고생 없이 곱게 자란 청년처럼 보였고, 내 아들과 같은 나이인 그를 보니 더 보듬어 주고 싶은 생각이 들었다. 유난히 여자 손톱처럼 길게 자란 손톱에 눈길이 갔다. "손톱이 예쁘네? 손톱을 왜 그렇게 길게 길러 남자가?" 하고 의아해하는 내게, 회사에서 필름과 관련된 일을 하는데 손톱이 짧으면 힘든 일이라고 하며 멋쩍게 웃는다. 웃는 모습이 어찌나 수줍고 색시 같은지. 내 아들은 아직 대학생이다. 고생을 모르고 자라서 그런지 세상 물정엔 밝지가 않다. 비슷한 나이의 그를 보니 왠지 모르게 안타까움이 밀려든다.

지난 일요일에는 그가 조그만 소형차를 직접 운전해서 왔다. 기특하기도 하고 대견스럽기도 해서 꽉 안아 주고 싶었다. 회사의 사장님 와이프가 타던 차를 싸게 샀다고 자랑하며 활짝 핀 벚꽃처럼 화사하게 웃었다. 외국인센터의 프로그램 중 운전면허취득과정이 있는데 그곳에서 배워 운전면허증을 취득하게 되었고 차까지 몰게 되었으니 얼마나 기특한 일인지.

아주 오랜만에 순댓국을 사주겠노라 했던 약속을 지키게 되었다. 언젠가 먹고 싶은 음식을 물어본 적이 있었는데 뜻밖에도 그가 먹고 싶다던 음식이 순댓국이었다. 저녁식사 자리에서 그의 친구와 함께 자리하게 되었는데 그 친구의 이름이 타이였다. 여릿한 얼굴에 깨끗한 피부를 지닌 그는 손가락의 부재 때문인지 왠지 우울하다. 자신감도 내려놓은 것 같고, 그런 그의 모습에 어찌할 바를 모르겠다. 이상하리만큼 미안한 내가 그의 얼굴에 비친다. 옅은 감색 버버리코트에 체크무늬 남방으로 한껏 멋을 냈고, 머리는 단정하고 가지런히 빗어진 상태며, 검은색 구두는 반들반들 윤이 난다. 타이는 한국에 온지 석 달 만에 왼쪽 엄지손가락을 잃었다. 작업환경이 열악한 곳이기도 했지만 장갑을 끼고 일을 해야 하는 작업장이었는데, 잠깐 동안의 방심으로 장갑이 기계에 딸려 들어가면서 손가락이 절단되는 사고를 당했다고 했다. 넉 달 동안 열한번의 수술을 거쳐 다친 왼손 엄지손가락은 형태는 잡혀가고 있지만, 손가락 마디 하나 정도가 짧게 매듭지어있는 상태로 아직도 여러 번의 수술을 받아야 한다고 한다. 훗날 생채기로 남은 손가락을 보며 그는 한국에서의 아팠던 날을 기억할 것이며, 또한 그 손가락을 보며 지나온 시간들을 웃으며 얘기할 수 있길 바래본다. 베트남에서 온 타이도 맏이라는 굴레에서 자유롭지 못했을 것이다. 그도 많은 책임을 어깨에 짊어진 채 큰 꿈을 안고 입국하게 되었고, 그러던 중 사고를 당하게 된 것이다. 밥을 먹는 내내 그는 왼 팔을 내 보이려 하지 않았다. 한손을 주머니에 넣은 채 오른손을 바삐 움직일 뿐이었다. 파릇한 나이에 마음에 옹송그리듯 수많은 갈등과 아픔을 깊이 뭉개놓고 있을지도 모를 일이다. 그의 아픔이 내겐 또다시 상처되어 가슴에 쌓인다. 미처 물어보지 못한 타이의 꿈이 궁금하다. 타이도 베트남으로 가서 분명 하고 싶은 일이 많을 것이고, 미래의 꿈을 위해 매일을 열심히 살아내고 있을 것이다.

대우의 꿈은 훗날 베트남으로 돌아가 한국음식 전문식

당을 여는 것이다.

이곳에서 김치에 길들여진 입맛을 쉽게 바꿀 것 같지 않다는 것이 그의 말이며 한국과 베트남의 식성이 많이 닮았다는 말을 한다. 김치의 가격이 베트남에서는 꽤나 비싼 모양이다. 함께 가서 김치공장이나 할까하며 실없는 소리를 했다. 타이 또한 베트남에서 성공한 사업가가 되어 있을 미래를 생각해 본다. 나는 그들의 꿈이 주저앉지 않기를 바란다. 부디 이곳에서 열심히 생활하고, 본국으로 돌아가 그들이 꿈꾸는 근사한 한국음식 전문식당의 주인이 되기를 소원한다. 얼마나 멋진 일인가? 훗날 베트남여행을 간다면 그가 운영하는 멋진 한국식당에 앉아 그와 두런두런 한국에서의 추억과 고단했던 옛 얘기들을 나누고 싶다. 그렇게 둘러앉아 있을 우리를 생각하며 지금 즐거운 상상을 해본다. 타이가 멋진 모습으로 공항에 마중을 나오는 모습과 함께.

오랫동안 이 두 명의 베트남 청년을 잘 보듬으며 건사해야겠다는 생각이다. 더 밝은 그들이 될 수 있도록, 한국에서의 멋진 기억들을 위하여.

4 장

가족의 유통기간

식구의 사전적 의미는 '같은 집에서 살며 끼니를 함께 하는 사람'이다. 가족의 사전적 의미는 '부부를 중심으로 하여 그로부터 생겨난 아들, 딸, 손자, 손녀 등으로 구성된 집단'으로 정의되어 있다. 요즘은 가족이니 식구니 하는 울타리가 조금은 가벼워진 것 같이 느껴지는 것은 나만의 생각일까. 혼 밥이니 혼 술이니 온통 혼자 해야 하는 일들이 이런저런 이유에서 늘어나고만 있는 요즘이다. 혼자서 사는 것이 편해서 또는 혼자 있는 일들이 익숙해서, 더러는 여럿이 어울리는 일들이 거추장스럽거나 번잡스러워 딱 싫다는 사람들도 드물지 않다.

혼자서 하는 일, 딱히 생각해 보면 혼자서 하는 것은 아니다. 다만 그 상대가 사람이 아닌 다르다는 것이지, 말하자면 혼자는 아닌 것이다. 사람을 상대하자니 귀찮고 번거롭고 불편한 것들을 아무 때나 어디서나 내가 마음먹은 대로 휘둘러 쓸 수 있는 아주 편한 손 전화 친구가 곁에 있을 뿐이다. 그렇게 생각하다 보면 혼 술이나 혼 밥을 즐겨하는 친구들 곁에는 휴대폰이라는 식구와 함께하고 있는 것을 흔히 볼 수 있다.

식구로 인해 상처 받고, 상처를 회복하고, 기쁘기도 하고, 슬프기도 하고, 때로는 나의 모든 것이 되기도 했던 것조차 이제는 혼자만의 세상에서 허우적거리며 다시 혼자가 되려고 애쓰는 우리다. 내가 살고 있는 주변에 조성된 신도시에는 그야말로 아무 불편 없이 혼자서 밥을 해결하거나 술을 마셔도 남의 이목을 받지 않도록 꾸며진 음식점들이 꽤 많이 생겼다. 혼자라서 좋은 이유에 대해 생각 많은 요즘이다.

한 번도 날씬해 본 적이 없던 난 운동은 열심이다. 굳이 살을 빼야 한다거나 아니면 좀 더 예뻐지기 위한 것도 아닌데 사생결단을 내 듯, 하루라도 운동을 가지 않으면 스스로 뭔가 해결하지 않고 하루를 보내는 것 같은 강박에 잡혀 살고 있다.

매일 운동을 가서 하루도 거르지 않는 행동이 있다면 체중계 위에 오르내리는 일일 것이다. 변함없는 몸의 무게가 이제는 너무나 익숙해 어쩌지 못하고 내가 짊어지고 가야 할 업보라고 여기지만 간간이 몇 백 그램이라도 차이가 날라치면 그 기쁨은 생각보다 크다. 그러고 보면 '굳이 살을 빼야 한다.'거나 라고 표현했던 건

거짓일 수밖에 없다. 운동도 운동이지만 음식에서 체중의 많은 부분을 조절할 수 있다는 트레이너의 말이 잠깐의 솔깃함으로 다가오지만 그렇다고 고단백이라는 닭 가슴살 먹기는 참으로 싫다. 닭고기를 좋아하지 않는 까닭이기도 하지만 건강하면 되는 것이지 그렇게 까지 먹기 싫은 걸 먹어야 하는 것과 먹고 싶은 것도 안 먹어가면서 살아가고 싶진 않다. 허벅지가 워낙 튼실하고 뼈가 굵어 스스로 내 몸무게의 절반은 뼈의 무게라고 자위하지만 그렇다고 붙어있는 살이 없어지는 것도 아니다. 운동 덕인지 아니면 타고난 건강체 때문인지 알 수 없지만 빠지지 않는 살과의 전쟁이 매일 지속되지만 다행스럽게도 아직 불편한 곳은 없다.

식구라야 달랑 셋인데 집에서 밥한 끼 함께하기가 쉽지 않다. 아이들이 어렸을 때는 밥을 먹으며, 종일 있었던 일이나 내일 해야 할 일들에 대해 얘기도 많이 했다. 아이들이 성장하고 각자 바쁘게 되자, 매일이 아닌 주말에 그렇게 보내는 일에 만족해야 했고 지금은 함께 끼니를 할 수 있는 날이 점점 줄어들고 있다. 셋이서 각자의 시간에 맞춰 먹고 치우고, 이제는 식구의 개념보다는 가족이라는 울타리의 이름이 더 익숙해져 있다. 밥을 때 맞춰 한 번에 셋이 앉아 먹는 일보다 집이라는 공동 공간에 각자의 시간에 따로따로 들어와 각자의 방에서 각자의 일을 보고 하루를 정리하고 다시 해가 뜨고 해 놓은 밥을 각자의 시간에 먹고 혼자서 각자의 곳으로 가는.

대가족에서 핵가족으로 핵가족에서 2인 가족으로 그리고 이제는 1인이라는 혼자로 바뀌어가는 가족시대에 살고 있다. 내가 열심히 운동하는 이유는 살을 빼거나 예뻐지기 위한 것이 아니라고 했지만 분명히 목표는 있다. 아프지 않고 건강하게 살아가는 것, 그 이유에도 혼자라는 원인이 내재되어있다. 적어도 아파서 식구가 아닌 가족에게 나의 존재가 부담되지는 않아야 하겠다는 확고한 나만의 철학이 있다. 돈을 물려주는 것이 아닌, 엄마에 대해 그 무엇도 신경 쓰게 하고 싶은 생각이 조금도 없기에 열심히 몸을 움직이고 있는 것이다. 연세가 지긋한 분들이 화면 가득 채우고 이런저런 얘기를 나눈다. 사회자가 할아버지에게 가족이 어떻게 되시냐고 하자 할아버지는 "안식구와 나 이렇게 둘이요 "한다.

'안식구', 할머니를 두고 안식구라는 표현을 쓴다. 안에 있는 식구, 그 말이 참 곱게 다가온다.

맹서

나무라 했다. 푸르디푸른, 붉디붉은 나무라 했다. 해라고 했다. 변함없는 모습의 해라고 했다. 동에서 서로 가는지, 이어서 동으로 오는지. 하나라고 했다. 바다라 했다. 검푸른 속 깊이를 가늠할 수 없는 바다라 했다. 그 바다는 그 해는 그 나무는 깊고 따스한 채로 언제나 그 자리에 있을 거라 했다. 거세게 풍랑이 일어 깊이를 알 수 없던 검푸른 속을 헤집거나 긴 마른장마를 지나거나 빛을 받지 못해 시름 앓던 나무는 앓이를 넘어 촉수를 뻗어 더듬이를 대신한다. 거기 있는 것을 알면서도 내 더듬이는 거기를 스치고 지나간다. 스치는 것은 시작이다.

정말 좋아서 저러는 걸까

말복도 지났는데 아직은 여름이 절정이다. 길을 걸어 다니기만 해도 등줄기에는 땀이 흐른다. 해마다 느끼는 감정중의 하나는 올해가 가장 덥다는 건데, 작년에도 그 전 해에도 계속 그 해가 가장 덥게 느껴졌던 것 같다. 몇 해 전 가장 더운 8월에 아들이 입대를 했다. 유난히 더워 힘들었고 비는 또 왜 그리 많이 왔던지. 아들은 유재하나 안치환 뭐 이런 가수들의 노래와 감성이 맞는지 많이 듣는다. 실용음악과로 지원을 하던 때에도 포트폴리오 작업을 한 것들은 대부분 아들의 엄마 또래의 감성과 비슷한 음악이었다. 요즘의 세대와는 조금은 거리가 있다고 해야 할 것이지만 기특하다고 해야 하나, 대견하다고 해야 하나, 조금은 유별나다.

아들은 함께 차를 타고 어딘가를 갈 때 라디오에서 흘러나오는 옛 노래들에 대해 저 노래가 좋으냐고 물으며 시끄러우니 이어폰을 꽂고 들으라고 했던 적이 있다. 나 역시 지금 유행하는 노래는 알아들을 수 없을뿐더러 아무런 느낌도 공감도 얻지 못한다. 편견에서 오는 것일 수도 있지만 아무튼 어렵다. 내가 생각하는 건 노래보다는 춤에 집중한다는 느낌을 지울 수 없다. 가사는

속사포처럼 빨라 알아듣기 어렵고, 발음은 또 왜 그렇게 늘였다 줄였다 하는지,

운동을 하러 들어가면 운동을 끝내고 샤워한 여자들이 제일 부럽다. 나는 운동을 시작해야 하고 그녀들은 이미 운동은 끝난 후 말끔히 샤워하고 맨 몸으로 거울 앞에서 단장을 하느라 여유가 있다. 나보다 너 댓 정도는 더 들어 보이는 여자가 옆의 여자에게 이 노래 좋지 하고 볼륨을 있는 대로 높여 들려준다. 나이에 맞지 않게 내가 이해하기 어렵다는 요즘의 케이 팝이다. 시끄럽기도 하고 깔깔대는 그녀의 웃음소리가 내 미간의 폭을 좁히기에 충분했다. 나잇살이나 먹어서 왜 저래 하는 내 속마음이 아니었나 싶다. 아니 그랬다. 얌전한 음악이 따로 있는 것은 아니지만 나이가 들었으면 그에 맞는 음악을 들을 것이지 싶었다. 옆의 여자는 관심이 없는지 그녀의 말에 건성이었지만 아랑 곳 않고 열심히 떠들었다. 자기가 좋아하는 노래라나 뭐래나, 그런 노래 열댓 곡을 저장해 놨다며 한참 동안을 시끄럽게 떠들었다. 드라이어 소리와 그녀의 소리가 합해져 짜증이 배가 되었다. 그렇다고 겉으로 내색할 순 없는 일이기에

불쾌감은 눌러두었다. 그렇게 좋으면 이어폰 끼고 혼자 들을 일이지, 동네방네 다 들리도록 크게 틀어놓고 리듬에 맞춰 벗은 몸을 이리저리 흔들어댄다. 나로서는 이해불가였다.

세상을 살면서 그에 맞는 것이란 어떤 걸까. 나이에 맞는 것, 성별에 맞는 것, 형편에 맞는 것, 분수에 맞는 것, 나설 때 안 나설 때를 아는 것, "때"라는 것은 참으로 어렵다. 간혹은 기다리라고 하고, 또, 어떤 때는 그 때가 지금이라고 하기도 하고, 귀에 걸면 귀걸이 코에 걸면 코걸이가 아닐까, 세상은 다양하고 넓어 때때로 어떤 게 가장 합당하고 합당하지 않는지 조차 헛갈릴 때가 참으로 많다. 명확한 것은 백인백색이라는 것이다. 그래서 좋아하는 옷의 색이 다 다르고 다양한 컬러의 옷들의 주인이 있고. 여러 종류의 음악이 있어 선택해서 듣는 것, 클레식과 대중음악이 존재하고, 퍼머 머리와 생머리가 공존하며, 긴 머리와 단발머리가 어우러져 살아가고 있는 것이 아닐까,

이삼 일 후 그녀는 여전히 벌거벗은 몸을 익숙한 리듬

에 맡기고 거울 앞에서 흥겹다. 왜 저러지 했던 그 하루가 오늘까지 연거푸 눈에 보이고 보니 저 노래가 정말 좋아서 저럴까 궁금하다. 그녀는 정말 요즘 노래가 공감되는 걸까.

아프다는 것

이태 전 뇌졸중으로 쓰러져 어려운 지경에 놓였던 지기(知己) 딸이 결혼을 한다는 청첩을 받았습니다. 그는 뇌졸중 후 출혈이 다시 와 기억이 가뭇하거나 글을 읽지 못하는 기억의 회로에 이상이 생겼습니다. 예식을 하루 앞둔 날 우연히 알게 되었습니다. 왜 알려주지 않았냐는 말에 알려줬었다고 우기기도 합니다. 참 이상하게도 글을 읽지는 못하지만 허공에 대고 보이는 글자를 휘휘 그려 보면 그게 무슨 글자인지 말을 합니다. 간혹 어디서 많이 보던 그림이라며 고개를 갸우뚱 이거나 받아쓰기하는 것처럼 단어를 불러주면 쓰는 건 잘 씁니다. 그런데 여전히 쓴 글씨를 읽는 데는 시간을 필요로 합니다. 건강하다 자신하던 친구였습니다.

예식장에 도착하니 말쑥하게 차려입은 신부의 아버지는 초점 흐린 멍한 시선을 주례를 향해 서 있는 딸에게 보내고 있었습니다. 그가 무슨 생각을 하는지 알 길은 없으나 망가진 회로로 수많은 일들을 그려보고 있을 것 같았습니다. 아버지니까요. 뇌졸중이나 출혈의 경우 걸음이 어설프다거나 말을 어눌하게 하거나 하는 경우는 가끔 봐 왔는데 걸음걸이나 말은 멀쩡합니다. 다만 눈빛이 흐릿하거나 초점이 없는 것, 움직임이 민첩하지 않거나 씩씩하지 않다는 것이 예전과 다릅니다. 대학생활을 함께 했던 예전의 그는 참 듬직하고 동작이 빠른 친구였습니다.
어느 날 문득 찾아온 뇌의 이상으로 그의 어제와 오늘이 이렇게 달라져 있습니다. 나란히 앉은 신부의 어머니는 애가 타는지 목이 타는 건지 연거푸 물 잔을 들었다 놓길 반복하고 있습니다. 아쉬움이 물과 섞여 목 넘김을 하고 있을 것 같았습니다. 쓰러진 남편을 대신해 혼자 애썼을 그녀가 애처롭게 느껴졌습니다.

동기들과 그를 알고 있는 지인에게 급히 청첩을 알렸습니다. 결혼식 몇 시간 전에 임박하게 알린 탓도 있겠지만 연락이 닿기를, 연락이 오기를 기다린 그 몇 시간이 꽤나 길게 느껴졌습니다. 쓰러지기 전까지 경조사에 빠지지 않고 다니던 친구였습니다. 그가 쓰러진 지 두 해가 된 지금 그의 딸 청첩 소식에 응답을 주는 사람이 많지 않았습니다. 많은 것을 생각해 보게 하는 시간이었습니다.

얼마 전 누군가가 뼈아픈 농담을 건네 온 적이 있습니다. 장례식장에 갔을 때 일입니다.
태어남은 정해져 있어도 갈 때는 순서가 없다는 말과 함께 이런 말을 했습니다. "당사자가 사망한 부음에는 친구들이 많이 오지 않는 게 현실이다."라고요. 아픈 친구 특히나 기억을 잃은 친구에게 축하든 위로든 함께 할 친구가 많지 않음에 씁쓸함이 많이 닿는 날이었습니다. 축의금을 전해 달라던 친구의 인사를 건네자 신부의 아버지는 "은주가 누구지?"라고 하더군요.

가라앉은 마음을 달랠 요량으로 한참 동안 만나지 못하고 지냈던 친구에게 전화를 했습니다. 이런저런 얘기가 오가던 중, 제게 그러더라고요. 만약 의사가 "당신은 지금 암 2기입니다."라고 하면 마음이 어떨 것 같냐고. 이렇게 내게 질문을 하고 있는 친구는 얼마 전 암 수술을 받은 후 치료를 잘 견뎌내고 있는 중이거든요. 건강검진으로 우연히 발견하게 된 때, 의사가 한 말이. "당신은 지금 위암 2기입니다."였다네요. 당황스럽고 어이없는 시간이 정적의 시간이 흐르고, 그는 억울하고 기가 차고 말문이 막혀 그냥 웃었다지요. 내게 물어 온 친구의 말에 나도 이렇게 말했습니다. 억울하고 기가 막혀 웃지 않을까 라고요. 생각지 못한 때에 불쑥 찾아오는 아픔은 예상할 수 없는 것이기에 우리는 아프다는 것에 자유로울 수 없는 것이지요.

식이 진행되는 내내 새롭게 인생을 시작하는 딸을 바라보는 신부의 아비는 초점 잃은 눈빛으로 딸에게 잘 살아라 무언의 당부를 하고 앉아 있는 것 같습니다. 신부의 아비를 보며 나는 과연 어려움에 놓였을 때 몇 명의 친구와 마주할 수 있을까 생각해 보게 되는 생각 많은 날이었습니다.

내모습의 나이

예전과 달리 자꾸만 나이를 생각하게 된다.
늘 그런 건 아니지만 문득 내 나이가 벌써 이렇게 됐나 싶을 만큼 주변에서 '언니' '누님'하고 부를 때면 나이에 대해 다시 생각해 보게 된다.

며칠 전 헬스장에서 만난 여자가 나더러 언니라고 불렀다. 얼굴로 봐서는 나보다 언니일 듯 보이는 사람이 나를 부르며 '언니'라고 한다. '내가 왜 네 언니니' 하는 말이 잇몸까지 나왔지만 잘 알지 못하고 안면만 있던 터라 다시 목구멍 깊이 숨겼다. 그 여자는 샤워 후 머리까지 말리고 목도리로 목을 감싸며 날이 많이 추워졌다는 말을 남기고 사라졌다. 함께 운동하며 가끔 인사를 나누던 이가 옆에서 머리를 털고 있기에
"방금 나간 저 여자가 나더러 언니래, 저이 잘 알아?"했더니 묻지도 않은 여자의 나이를 알려준다.
"재 마흔둘이야"한다.
적어도 한참 적은 나이의 그녀가 나더러 언니라고 불렀던 것은 당연한 일인데, 왜 나보다 더 언니일 거라 짐작한 것인지. 화장을 지우고 씻고 나온 맹숭한 얼굴에서 보이는 온전한 주름들이 나보다 더 먹었을 것 같았기에

옆 사람에게 되묻기도 한 것이다.

자기의 모습은 자기가 제일 잘 안다고 한다. 나는 그 생각이 반드시 옳다고 생각하지 않는다.
내게 언니라고 했던 그녀에게 그랬던 것처럼 나는 나를 제일 모르고 살아가는 것일지도 모른다. 내가 나를 가장 잘 알기도 하지만 나를 가장 잘 모르는 사람도 자신일 수 있는 것이다.

해가 갈수록 비비크림의 두께가 두꺼워지는 것도, 말이 많아지는 것도, 별 것 아닌 일에도 쉽게 언짢아지는 일도, 남의 일에 간섭하는 빈도가 늘어나는 것도, 함구하지 못하고 뒷 담화하는 것도, 돌아보면 나를 감추거나 나를 알아봐 달라고, 관심을 가져달라고 화장품의 힘을 빌려, 말의 힘을 빌려 끝없이 구애하고 있는 건 아닐는지.

남편 같은, 큰아들 같은 맏딸

공감이 되게 쓰는 글이 유려하거나 화려하고 멋들어진 글보다 훨씬 좋은 글이라고 수강생들에게 자주 말한다. 억지로 맞춰놓은 글은 뭔가 읽기는 했으나 읽고 난 후 여운이나 감동이 없다. 활자는 처음부터 끝까지 읽어 내려갔지만 뭘 보고 느꼈는지는 책장을 덮는 순간 잊게 되기도 한다. 또한 아무리 좋은 글이나 이야기도 공감되는 글이 아니라면 전혀 울림이 없을 것이다. 다시 말하면 시답잖은 이야기나 뻔한 소재라도 나와 교감을 이룬다면 내게는 그보다 더 좋은 드라마는 없을 것이다.

요즘 유일하게 집중해서 보는 드라마가 있다.
눈물이 많은 나는 소파 팔걸이에 수건을 먼저 가져다 두고 본격적으로 자리를 잡았다. 주말에 다소 여유 있는 시간에 한다는 것과 딸들과 엄마의 구도로 이루어진 삶의 이야기가 잔잔하게 펼쳐져 나를 돌아보게 하는 때문이기도 하다. 억척스럽게 살면서 딸들을 잘 건사하고 손녀까지 보듬고 사는 그녀를 보면서 내 엄마가 떠오르기도 하고 그런 강한 엄마의 여린 모성을 보면서 또 다른 엄마를 보게 되는 것도 즐겨보게 되는 이유다. 특별히 꾸미거나 고운 대사 없이도 보통사람들이 살아내는

과정을 잔잔하게 펼쳐놓아 보는 이로 하여금 부담스럽게 하지 않는다. 사람들은 더러 스토리가 식상하고 뻔하다는 댓글을 남기기도 하지만, 세상 모든 이치는 좋은 것과 나쁜 것들이 공존하고 있으니 별 관심을 두지 않는다. 그럼에도 내게는 닿는 이야기이기 때문이다.

열심을 다해 가족을 건사하고 식당을 운영하던 그녀가 시한부 선고를 받는다. 살 수 있는 시간이 3개월이라는. 한여름에 김치를 담는다고 자식들을 불러 모으고 김치를 담는 딸들을 보며 애달아한다. 피곤해 죽겠는데 왜 한여름에 김치를 담는다고 이 난리냐며 큰 딸은 엄마에게 악다구니하고 엄마는 그 악다구니를 그저 깊은 울음 속에 감춘다. 옷장을 열어 옷을 정리하고 휑한 옷장을 보고 그녀의 딸은 또 슬퍼하고, 구멍 난 속옷을 보고 한바탕 눈물바람을 한다. 사는 게 뭔지 어떻게 살아야 하는지 나는 엄마에게 어떻게 했는지. 드라마 속 큰 딸처럼 엄마에게 맘에도 없는 쓰라린 말을 내뱉지는 않았는지. 감정이입이 되면서 가져다 놓은 수건을 연신 들었다 놓는다.
병원에 입원하느라 네 전화를 못 받았다는 엄마. 그런

엄마의 말에 바빠서 전화 한 번도 못했다며 통곡하는
둘째 딸의 말이 다시 한 번 내 가슴을 후빈다.

기억을 더듬다

세월이 흐르면 기억을 더듬어 나였던 그 아이를 찾아 길을 나서고 싶어지는 것일까?
얼마 전 종편채널에서 방영한 '기억'이라는 드라마에 매료되어 방영시간을 기다리며 1주일을 보냈다. 아팠던 유년시절 아버지에 대한 몹쓸 기억과 현실을 살아냄에 꼭 필요한 일들을 잊고 기억하지 못하는 아픈 상황에 대한 묘사였다. 사무치게 그리운 기억과 잊고 싶을 만큼 모질었던 시간에 대한 추억이 공존하여 기억이라는 항아리에 모여 있는 것이 아닐까. 인간이 행복할 수 있는 것은 '망각'이라는 마법 때문이라고 전해오는 말도 있지만 기억하고 추억할 수 있다는 것은 깊은 축복이 아닐 수 없다. 시간이 흐른다는 것은 많은 것을 변하게 한다. 어린 시절 초등학교 앞에서 팔았던 붕어빵이 프랑스 고급 식당에서 디저트로 내놓을 만큼의 매력적인 음식으로 신분 상승된 지금이 아니던가.

엊그제 뉴스에서 붕어빵을 맛본 프랑스인들의 반응을 전했는데 그야말로 폭풍 반응이었다고 한다. 누가 알았던가. 붕어빵이 프랑스인들의 입맛을 사로잡게 될지. 또한 뻥튀기 기계는 아프리카를 비롯한 여러 나라에서 붕어빵과 마찬가지로 큰 환영을 받는 놀라운 기계가 되었다고 하니 시간의 묘약이 아닐 수 없다. 붕어빵의 환골탈태가 놀랍다. 유년시절 숙희와 함께 '붕어빵에 붕어가 있을까, 없을까.'를 내기하며 깔깔대던 그 기억이 새롭다. 붕어빵엔 붕어가 없고 무늬만 붕어다. 늘 속는 기분으로 사 먹긴 했지만 변함없는 간식거리로 여전히 사랑받고 있다. '가장 한국적인 것이 가장 세계적인 것이라고 했던가.' 오래된 것에의 그리움은 기억을 따라 세월을 따라 점진적으로 진화되어가고 있는 것 같다.

별 반찬이 없던 기억 속 시절, 물에 밥을 말아 풋고추 몇 개로 끼니를 나던 그때가 그리워 올여름엔 추억여행에 나설 참이다. 몇 년 전 보고 온 골목길과 얼마나 달라져 있을까.

길모퉁이에 있는 우물 위에는 커다란 향나무가 금방이라도 쏟아낼 듯 열매를 품고 있고 뒤틀린 몸통은 우물 옆을 가로질러 용트림하듯 비상하고 있었다. 비가 오면 빗물은 향나무를 통과하여 농익어 낯붉히고 있는 열매와 함께 우물로 낙하한다. 나는 그 우물물을 먹고 자랐다. 그때만 해도 동네 사람들은 우물 하나로 가정에서 필요로 하는 물을 공급받았다. 어린 시절 우물까지의 거리가 멀게만 느껴져, 우물과 가까이에서 살고 있던 대호네 집이 부러웠다. 지금이야 집집이 상수도가 들어와 편리하게 사용하지만, 그 시절 동네에 하나밖에 없던 우물 샘은 마을 사람들에게 식수를 포함한 생활용수 전부를 공급했다. 지금처럼 찻집이나 모일 수 있는 공간도 시간도 그럴 여유조차도 갖지 못하고 살던 시절 여자들에게 우물가는 그만한 곳도 없었다. 옆집 누구네서 어떤 일이 있었는지 누가 어떤 대학엘 갔는지 소식을 전하고 들을 수 있는 곳이기도 했고 속 시끄러울 때 빨랫방망이로 펑펑 소리 나게 빨래를 두들겨 빨면서 말 못 할 고민과 힘듦을 스스로 풀어내기도 했다.

숙희네 집과 우리 집은 울타리가 따로 없어 마당을 함께 사용했다. 마당 한가운데 만들어 놓은 둥그런 화단이 숙희네 집과 우리 집의 경계다. 숙희 엄마는 젊은 나이에 혼자가 된 청상과부였고 딸 셋에 아들 하나를 두었다. 숙희는 셋째 딸이다.
숙희와 나는 초등학교와 중학교를 함께 다녔다. 억척스러운 엄마와는 달리 숙희는 기질이 고운 천생 여자였고 사근사근한 말씨가 여간 애교스럽지가 않았다. 그런 숙희와 나는 둘도 없는 단짝이었고, 궁핍하고 어려웠던 시절을 함께 보낸 소중한 친구다. 힘들었던 시절 넷이나 되는 자식들을 위해 살아내야 하는 까닭에 억척스러워진 것은 당연하겠지만 그녀의 심술은 해도 해도 도가 지나쳤다. 숙희 엄마는 억척스럽고 심술로 가득 찬 여자였다. 청상과부가 되지 않고 평탄한 삶을 살아냈더라면 그렇게 억척을 떨지는 않았을지도 모를 일이다. 놀부 처가 하듯 미운 짓을 정말 많이 했다. 사는 게 어렵고 힘들어서 그런지 정서가 메마르고 매일 매일을 살아내는데 그저 안달할 뿐이었으니.

눈이 펑펑 내리던 날 우물가에서 숙희 엄마가 흰 고무신을 닦고 있었다. 고무장갑도 없던 시절 손이 시려 발갛게 된 손에 짚을 뭉쳐 고무신을 뽀얗게 닦았다. 머리는 뒤로 쪽을 지어 단정하게 빗어 올리고 여느 날과는 사뭇 다른 옷차림을 했다. 평소의 숙희 엄마와는 사뭇 달랐다. 무슨 일이 생겼거나 일어나고 있는 것이 분명한데 궁금하기만 할 뿐 그 누구도 숙희 엄마에게 말을 건네지 않았다. 평소에 주변 사람들과 살갑게 지내지

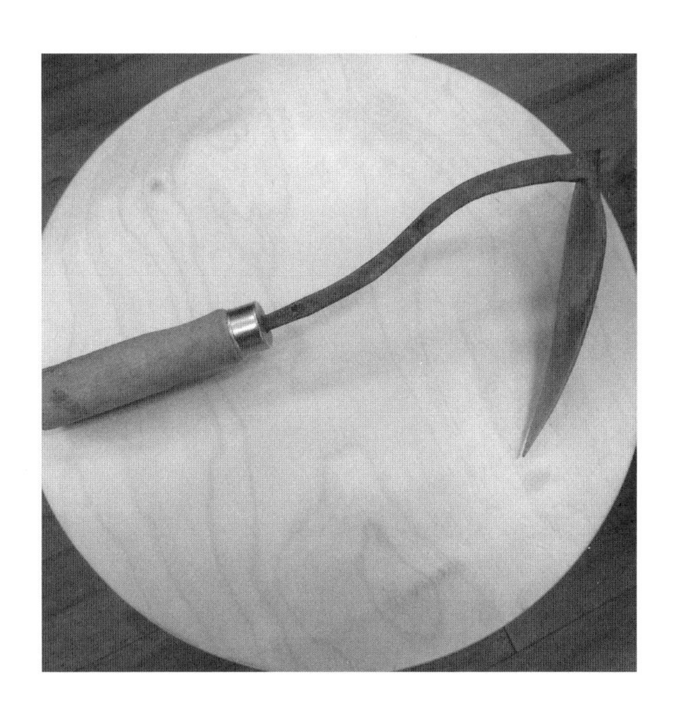

않은 그녀이기도 했지만, 날카로운 그녀의 눈매가 노려보듯 되돌아올 것이 뻔한 이치였기에 누구도 그녀에게 접근하지 않았다. 하루 이틀이 지나고 우물가에 모인 여자들이 그녀를 교회에서 보았다는 말들로 바빴다. 건어물을 떼어다 파는 재숙이 엄마는 "아 글쎄 그 여자가 교회에 왔지 뭐야 누군가가 전도해서 온 게 아니라 그냥 스스로 왔다는구먼." 하며 이런 저런 얘기를 물어다 날랐다. 그녀는 우물가 여인들의 말을 대수롭지 않게 생각하는지 날카롭던 그녀는 온데간데없고 그저 묵묵히 자신만의 일을 할 뿐이었다.

그 후에도 그녀의 우물가에서 흰 고무신을 정성껏 닦는 모습으로 다음날이 예배당 가는 날임을 알렸다. 어떠한 계기로 스스로 예배당엘 가게 되었는지는 아무도 모를 일이지만 그녀는 조금씩 변해갔다. 뽀얗게 닦은 고무신을 거꾸로 엎어 물기를 뺀 다음 하얀 버선을 신고 고무신을 신었다. 그런 그녀의 모습은 예배당에 가기 위한 그녀만의 절차였다, 숙희 엄마는 우물가에서 하얀 고무신을 닦으면서 조금씩 변해갔다.

부모님이 다른 지역으로 이사하는 바람에 그곳에서의 기억은 중학교 무렵까지가 전부다. 그럼에도 그때의 우물과 향나무, 고무신과 숙희 엄마의 기억은 또렷하다. 지난해 오래된 기억과 함께 어릴 적 뛰어놀았던 골목길이 그리워 여행길에 나섰다. 골목도 골목이려니와 우물가의 그녀들이 여전히 북적대며 두런두런 얘기꽃을 피우고 있을 것만 같고, 숙희 엄마도 여전히 짚을 뭉쳐 고무신을 닦고 있을 것 같다. 내 유년시절을 오롯이 간직하고 있는 곳에 대해 그리움이 컸기에 꼭 한 번은 다녀오고 싶었고 그곳에서의 아련하기만 한 추억들을 되돌려보고 싶었다.

우물이 있을 거라는 기대는 하지 않았다. 없어진 우물자리를 보니 왜 그리도 맘이 허전했던지. 대호네 집이 있던 곳에는 연립주택이 지어져 흔적 없고 우물에 그늘을 드리웠던 향나무도 자취가 없다. 우물 샘이 있던 자리는 파고라가 사람들을 쉬게 하고 있었다. 우물가에 모였던 수많았던 그녀들과 숙희 엄마가 두런두런 얘기하고 있는 것만 같다.

오래전 씻고 먹고 빨래했던 그 우물에 두레박 한번 드리우고 싶어진다. 시멘트로 얼기설기 발라 놓았던 빨래터에서 속상하고 답답할 때 펑펑 빨래 방망이질도 해보고 싶다. 우물가에서 고무신 닦으며 내면을 성숙시켜가던 숙희 엄마도 이제는 그리움이 되었다.

우물가와 향나무와 골목이 있던 곳에 깊은 시선을 머뭇댄다. 고무신을 닦아대던 숙희 엄마도 소문을 물어 나르던 재숙 엄마도 보이지 않고 낯선 젊은 여자들의 또각거리는 발자국소리만 분주하다.

진짜 정말 순 참 기름 있어요.

세상을 믿을 수 없게 된 걸까, 사람이 세상을 믿지 않고 있는 걸까.
장터에 자리 잡고 앉은 할매들 앞에는 소주병에 담긴 고소한 참기름이 어김없이 놓여있다.
소주병은 그 쓰임도 다양하여 참기름, 들기름을 포함해 기름집에서 많이 쓰이고 있다. 기름집에서 참기름이나 들기름으로 떼어다 소매로 팔고 있는 할메들의 기발한 상술
진짜 정말 순 참 기름이라고 오가는 이들을 웃게 만드는 기막힌 비상함, 할머니만의 판매 전략이 빛을 발한다. 진짜 정말 순 참 기름 있어요.

생각 꺼내기

아이들만 조를 나누는 건 아니니다. 우연히 듣게 된 강의에서 대여섯 명씩 한조를 만들어 앉으라고 했다. 모두들 쭈뼛거리고 서서 어디 가서 앉을까 궁리하고 있다가 얼굴을 한 번씩 쳐다보고는 이동을 시작한다.

심리상담 전문 강사는 우연히 한 조가 된 사람들의 어색함을 풀어주기 위한 방법으로 가족은, 아이는, 가장 기뻤을 때는, 이름은 누가 지었는지 등 시시콜콜한 물음을 넣은 질문지를 만들어 와 순서대로 돌아가며 얘기 나누길 권한다. 별 것 아닌 듯 보이던 종이의 질문들이 얘기를 불러내고, 길게 말하는 사람, 간단명료하게 할 말만 남기는 사람, 부연 설명을 덧붙이는 사람까지 다양한 사람들로 구성이 되었다. 내 차례가 되었다. 길게 할까, 짧게 할까에 대해 생각하여 사람들을 탐색하기 시작하고 분위기상 해야 할 말만 짧고 간략하게 했다. 그러다 이름은 누가 지었는지의 순서가 되어 또 순번대로 소개하기 시작했다. 나이가 꽤 있어 보이는 분의 이름이 낯설게 들려왔다. 흔히 말하는 요즘이름이다. 요즘이름이 따로 있겠냐만 그래도 옛 이름과 요즘의 이름은 다르게 느껴진다. 수필을 쓸 때도 마찬가지다. 글 안

에 나이가 나오는 것 도 아니지만 글을 보며 독자는 글쓴이의 나이를 어림짐작하기도 한다. 그 사람이 살아온 이력이 글속에 녹여 있기 때문이기도 하겠고, 작가의 사상을 보고 대략의 나이가 가늠되는 것이다.

부산사투리와 빠른 말 때문에 잘 알아듣지 못했기에, 이름이 뭐라고요? 라고 되물었다. 본인의 건강상태가 무척 좋지 않았는데 이름을 바꾸고 나서 거짓처럼 아픈 곳이 좋아졌다는 말을 한다. 그 다음의 아주 젊은 새댁은 군인이었다는 전직을 말하고 본인 역시 이름을 바꿨다고 했다. 앞서 말 한 사람과 공감대를 형성하며 둘은 마치 오래 전부터 알고 지내 온 사람처럼 가까워졌다. 나는 또 탐색하기 시작한다. 이름에 대해 한 번도 깊은 생각을 해 보지 않았기에 '이름을 누가 지었는지'에 관한 대답은 낯설다. 개명 역시 생각해 본 바 없다. 이름에 관해 얘기한 앞 사람 중 한명은 작명가가 또 한명은 티브에 나오는 분께 일이 풀리지 않아 힘들다는 사연을 보내 당첨되어 얻은 이름이라는 설명이 있었다. 희한한 일도 다 있네, 싶었지만 입 밖으로 꺼내지 않았다. 나도 이름에 관한 풀이를 해야 하는 데 뭐라고 해야 좋을지

짧은 고민에 들었다.

임기응변에 강한 내가 아닌데 지금 생각해도 어디서 그런 기발함이 나왔던지.
내 순서가 되자 이름을 지어준 사람은 아버지고 혜안을 가진 아버지 덕분에 미래지향적인 이름을 지어줘서 지금까지 심각하게 고민하지 않고 잘 사용하고 있다고 했다. 다음 차례의 사람이 무슨 의미냐고 물었다. 위에서 혜안이라고 한 것은 내 이름이 여자이름이나 남자이름으로 사용해도 전혀 어색하지 않은 중성적인 이름이기에 그렇게 말한 것이다. 즉 유행을 타지 않는 그런.

내 이름은 창희다. 어떤 분이 전화해서 남자가 받을 걸 상상하고 했는데 여자 분이 받아서 놀랐다고 말하기도 하는 걸 보면 다분히 중성적인 이름인 것이다. 야구선수 김창희는 남자니까.
이제 의미를 말해야 하는데 갑자기 내가 임기응변에 능한 사람이라도 된 듯 이렇게 말했다. 창(昌)이라는 한자를 보면 날일이 두 개가 합쳐져 있는데 이는 날과 날이 날마다 새로우라는 '일신 우일신'의 의미가 있는 거라고. 창성할 창에 여자 희-날마다 더 상장할 수 있는 이름, 그 이름을 멋지게 지어 준 아버지에 대한 고마움을 꺼낼 수 있게 해 준 질문. 이렇듯 모든 일은 필연일 수도 있겠으나 우연히 이루어지는 게 더 많은 것 같다.
얼마나 우연과 우연으로 인연을 맺고 맺는지.

미술관에서

그림과는 잘 사귀지 못했다. 미술관에 간 기억은 거의 없다. 단체로 관람해야 했거나 과제를 위해 억지로 가지 않으면 갈 일은 더구나 없었다.
얼마 전 신기한 경험을 했다. 연극이나 뮤지컬공연을 보러 자주 가는 곳으로부터 온 문자는 미술관의 조선시대 3대 화가에 대한 특강이었다. 정선, 김홍도, 신윤복.

예전처럼 생각이 갇혀있었다면 어림도 없을 일이었으나 명색이 강의를 한다는 사람이 많은 분야를 접하지 않고 얄팍한 지식으로 떠들어 댈 수는 없지 않을까 하는 생각에 덥석 가겠노라 신청했다. 내가 미술관엘 가다니. 스스로에게 대견하다는 맘이 들었다.
처음 가는 곳이라 길에서 약간의 시간을 허비해 좀 늦게 도착했다. 화면가득 정선의 그림이 펼쳐져 있고 강사는 재치 있는 입담으로 그림에 대한 설명과 해설을 덧 붙여나갔다. 눈이 번쩍 뜨인다는 게 이런 것일까 싶을 만큼 신세계로 빠져드는 나를 볼 수 있었다. 어쩌면 그렇게 논리정연하며 재미있고 맛깔나게 설명을 하던지. 그림에 대한 모든 것이 쏙쏙 마음에 들어와 앉았다.

손으로 하는 것에 재주가 없는 나는 되도록 그 것을 피해왔다. 스케치를 하고 색을 입히고 하는 이런 일련의 행위가 나와는 무관하게 생각되었고 그렇기에 더 관계 맺지 않고 지내왔다. 생각해보니 못하는 게 아니라 시도하지 않았던 것도 같고 굳이 필요하지 않아서였기도 했을 터였다. 형제자매로 태어났지만 나와는 달리 여동생은 미술선생이다. 어려서부터 그림을 좋아했던지 후천적 어떤 영향을 받았는지는 알 수 없지만 그렇다. 가족 중 그림을 그리는 것을 직업으로 삼은 동생이 신기할 뿐이다. 아무도 그림을 잘 그리는 사람이 없기도 하고, 그림에 소질이 있는 사람도 없다.

조선시대 화가들의 기법이나 사상을 듣고 있자니 그림에 관심이 가고 있는 나를 발견하게 된다. 그림이나 글이나 기본 생각의 틀을 갖는 것은 마찬가지고 그 안에 작가의 사상이나 주제를 선명하게 나타내야 하는 것도 그렇다. 강사는 그림에 대한 설명을 하면서 그림이 싱겁지 않게 하려고 지붕을 다 그리지 않았다거나 지붕의 한쪽을 나무로 가려서 궁금증을 자아내게 했다고 한다. 따지고 보면 글도 그렇다. 시작하고 풀어내고 마무리까

지 모두 작가가 의도한대로 몽땅 쏟아 부어 친절하게
풀어놓는다면 그야말로 독자들의 생각의 범위를 침범
하지 않을까 생각해봤다. "여백의 미" 조금은 숨 쉴 공
간이나 이야기를 남겨둬야 멋진 상상과 기발한 얘기로
독자의 마음에 점하나 남기지 않을까 싶다.
너무 친절하지 않아도 괜찮을 일이다.

헬스장에서

오후 서너 시쯤의 헬스장 모습이다. 뿌연 창을 통해 간헐적으로 들어오는 햇빛 사이에 선명하게 보이는 떠다니는 먼지. 사람들의 움직임으로 인해 발생하는 먼지들이 헬스장 안에서 부유하고 있다. 오늘도 그(A)는 저 멀리서 휴대폰을 만지작거리며 헬스장 안으로 들어온다. 나는, 그가 시선은 휴대폰에 꽂아 둔 채, 운동은 그저 빈둥빈둥할 거라는 것을 알고 있다. 늘 그래 왔었기에. 오늘 또한 여느 때와의 모습에서 벗어나지 않을 것 또한 알고 있다. 빼빼 마른 몸매에 긴 목과 큰 키를 가진, 마흔은 훌쩍 넘었을 것 같은 그는 왼손으로 휴대폰을 잡고 오른손은 왼쪽 겨드랑이에 끼운 채 안경 너머로 휴대폰 속 그 무엇에 집중하고 있다. 바짝 마른 긴 다리는 걸을 때마다 정맥이 드러나 시퍼렇다. 그는, 트랙을 돌듯 헬스장 안을 원을 그리며 돌다가 운동기구에 앉아 다리를 몇 번 흔들어 대고는 다시 일어서서 같은 모양으로 헬스장 안의 먼지와 함께 돌기를 시작한다.

그 남자가 원을 그리며 헬스장 안을 빙빙 도는 사이, 몸에 꽉 끼는 운동복을 입은 그녀는
이어폰을 하고 커다란 물통에는 몸에 좋다는 다이어트

음료를 가득 채우고 씩씩하게 들어와 앞도 뒤도 보지 않고 무작정 러닝머신 위로 올라간다. 통통한 몸을 가진 그녀(B)지만 보기에 뚱뚱하거나 비대칭적이라거나 그런 모습이 아닌 귀여운 이미지의 B다. 속도를 8로 맞추고 처음부터 뛰기 시작한다. 늘어진 이어폰 줄이 찰랑찰랑 함께 뛴다. 그녀는 늘 그런 모습에서 한 치의 흐트러짐도 없다. 사람은 저마다 운동습관이 다르다. 그 사람들의 행동을 관찰하는 것이 운동과 더불어 쏠쏠한 재미를 준다. 처음 본 그녀는 서른 중반의 아가씨였는데 지금의 모습과는 달리 상당히 부푼 몸을 하고 있었다. 샤워실에서는 한쪽 귀퉁이에 숨어서 몸을 씻고 나갈 정도였고 본인의 체중에 대해 무척 스트레스를 받는 것 같았다. 지금 그녀의 샤워 포인트는 중간지점이다. 8로 시작한 그녀는 러닝머신의 속도를 12까지 올려놓으며 가속도를 내고 있다.

잠시 후 샨(C)이라는 방글라데시에서 온 외국인 친구가 한 손은 바지 주머니에 찔러 넣은 채 건들건들 들어선다. 처음의 볼품없던 몸매는 찾아볼 수 없고, 지금은 거드름을 피울 만큼의 몸이 되어있다. 건들건들 들어서면서 시선은 여기저기 여자 회원들에게 분산되어 있다. 검은 피부에 탄력 있는 몸으로 자신감이 넘쳐 보인다. '예쁜 아줌마 안녕!' 하며 한 손을 흔들어 반가운 표시를 하는 모양이 약간은 시건방져 보이지만 "예쁘다"라고 표현하는 C의 말에 그 시건방이 묻힌다. 그러고 보니 칭찬은 고래만 춤추게 하는 것은 아닌 모양이다. 거짓인 줄 알면서도 그런 그가 곱게 보이는 걸 보니. 방글라데시에서 한국에 온 지 5년 차라는 샨은 한국말을 유창하게 구사하며 농담의 수준이 보통이 아니다. 반들반들 윤기 나는 피부와 운동으로 다져진 탄탄한 몸이 야릇하다. 어떤 기구의 운동을 하든지 10회씩 3세트는 기본으로 하는 그다.

또 한 명의 여자(D)는 샨이 오는 시간과 늘 일치한다. 그녀는 특이하게도 쫄 바지 위에 반바지를 겹쳐 입고 질겅질겅 껌을 씹으며 입장한다. 그녀에게 껌은 에너지 역할을 하는 모양이다. 매일 그녀의 입에는 껌이 물려 있으니. 딱딱 소리 내어 풍선을 부는 모양새를 하며 그녀가 가장 먼저 하는 일은 커다란 거울 앞에 다가서서 두 손을 양 볼에 갖다 대며 아래서 위로 턱 선을 여러 번

쓸어 올리는 일이다. 텔레비전이나 여러 매체에서 그렇게 하면 브이라인의 턱을 가질 수 있다고 광고한 때문이 아닐까 생각한다. 그런 그녀를 보는 것 또한 재미가 있다. 아래턱에서 광대뼈까지 같은 동작을 여러 번 되풀이한 뒤 벨트 맛사지 기계 위로 올라가 어깨에서 종아리까지 훑어 내려가며 맛사지를 한다. 그녀도 위의 A, B, C처럼 매일 되풀이 되는 그녀만의 운동 시작법이다. 언뜻 보기에는 나와 비슷해 보이는 나이의 그녀인데 쉽게 다가가 말을 섞기가 쉽지 않다. 인기리에 방송되고 있는 주말드라마의 껌 여사와 닮아있어 왠지 거부반응이 일어난다. 그녀가 주로 하는 운동은 쓸어 올리거나 훑어 내리는 일에 집중이 되어 있다. 운동 후 샤워장에서의 D는 유별나다. 매일 씻는 몸인데 구석구석 정말로 열심히 닦아댄다. 나는 씻으면서 흘깃흘깃 그녀의 모습을 보는데 정말이지 씻는 것 또한 발광(?)을 한다. 시간도 오래 걸릴뿐더러 씻고 또 씻기를 반복한다. 결벽증에 걸린 것처럼.

운동이 마무리되어 갈 즈음, 만나고 싶지 않은 한 남자(E)가 시커멓게 생긴, 길게 끈이 있는 가방을 어깨에 걸

치고 입장하고 있다. E는 헬스장에서 지급되는 목이 늘어진 가장 큰 사이즈의 티셔츠와 흘러내릴 것 같은 헐렁한 바지를 입고 머리털이 거의 없어 반짝이는 이마와 정수리를 들이밀고 그만의 공간으로 저벅저벅 걸어간다. 만나고 싶지 않은 남자라고 얘기하게 된 이유는 운동 온 사람들에게 사사건건 간섭이다. E 스스로 헬스트레이너라도 되는 것처럼 자신만의 운동법을 전파하느라 바쁜 캐릭터다. 좀 뚱뚱하고 키가 짧은 여자 회원들이 기구 위에 앉아 있기라도 하면 어김없이 다가가 배를 쿡쿡 누르며 아랫배에 힘주기를 설파한다. E는 러닝머신이나 스피닝 같은 운동에는 전혀 관심이 없고 힘쓰는 운동에만 집중적이다. 음악이 흐르는 헬스장의 평화는 그가 운동하기 시작하는 순간 깨지기 시작한다. 무게가 많이 나가는 아령과 덤벨, 원판과 케틀벨 등, 힘 운동을 위한 물건들을 가져와 바닥에 내던지기 시작한다. 순간 헬스장의 모든 사람의 시선이 E에게 쏠린다. 남의 운동에 간섭하는 시간과 본인의 운동시간을 50%로 나누어 쓰는 특이한 캐릭터의 E다. 시끌벅적 이곳저곳에 간섭한 후, E는 어깨에 메고 들어온 가방에서 뭔가 주섬주섬 꺼내 먹기 시작한다. 근육발달에 도움이 된다는 닭 가슴살과 헬스보충제를 꺼내 목으로 구겨 넣고 앉아 있다.

어항 속 물고기가 하릴없이 부유하듯 습관처럼 몸에 밴 행동이 헬스장 안에서도 같은 모습들로 존재하는 것인지도 모른다. 나는 가랑이를 벌려 일자로 만드는 스트레칭을 하며 다양한 모습으로 헬스장 안으로 들어오는 그들과 그 공간을 떠도는 먼지 사이로 습관을 살피는 재미에 빠져든다.

쩌꺼러씨의 하루

달아오르는 오후의 보도블록위에서
순댓국 한 그릇으로 허기를 달래고
이빨사이 듬성듬성 박혀있는 순댓국의 잔해를 분해한다
몇 걸음 뒤에서
쩌꺼러을 부르며 오는 최 씨는 잰걸음으로 토시를 추스르며 함께 한다.

쩌꺼러의 손놀림은 재빠르고도 정교해
입소문으로 번진 그의 성실함에
다른 사람보다 일거리가 제법 많다
보도의 블록을 쌓기가 몇 날 계속되고 있고
한낮의 온도는 불볕이지만
굵게 흐르는 땀을 수건으로 닦아낼 뿐
쩌꺼러는 묵묵히 몸을 쓴다.
사나흘치 만큼의 기력을 소진한 듯
접힌 허리를 잠시 들어 움찍일 뿐
그는 다시 바삐 손을 움직여 무늬를 맞추고
흔들리지 않도록 균형을 잡고 있다.
뜨거운 열기가 목구멍에 턱 걸린 오후
열기보다 더 뜨거운 열정으로 열사람 몫을 하고 있다.

그가 이렇게 뙤약볕에서도 열심인 까닭은
고향에 두고 온 가족이 있기 때문이다.
어디에 살든 어떤 일을 하든
삶의 원천이 가족이라고 말하는 그는 미얀마에서 온
옆집 아저씨 '쩌꺼러'씨다.

일용잡부 김씨

특별한 기술이 없어 매일 직업소개소 앞을 서성이는 일이 오롯이 그가 할 수 있는 하루의 시작이다. 어제는 뙤약볕 아래서 시멘트 포대를 옮기는 단순작업을 했다. 그는 오늘 어떤 꿈을 꾸고 아침을 서성이고 있을까. 일을 할 수는 있을지, 일을 하게 된다면 어떤 일이 주어지게 될지, 매일 그는 상상을 하기도 하고 순간 절망을 하기도 한다. 그래도 오늘은 일을 하게 되어 얼마나 다행이냐며 행복해 하는 그는 일용잡부 김 씨다. 내가 김 씨를 알게 된 것은 이삼년 전이다. 그가 몸이 아프고 이빨이 흔들리고 아프다고 무료진료를 하고 있던 외국인센터에 오면서 부터다. 그곳에서 봉사활동을 꽤 오랫동안 해온 나는 여러 가지 이유로 방문하는 환자를 대할 수 있었는데 김 씨는 특이하게도 외국인이었다. 귀화하면서 '김'을 성으로 쓰기 시작했다. 딱히 가진 기술이 없으니 매일 일용직으로 전전할 수밖에 없는 그였다. 가끔은 궁금했다. 그가 이곳에 살게 된 이유가.

내전으로 얼룩진 고향에서는 살아도 살아있는 게 아니었다는 김 씨는 평범한 게 가장 좋다고 했다. 잘사는 것도 바라지 않고 그저 매일 매일이 평온했으면 더 바랄

게 없다고도 했다. 꽤 가진 것이 많았던 고향에서의 생활이었지만 매일 불안하게 사는 것이 정말 싫었다고 했다. 그래서 연수생으로 한국으로 들어오게 됐고, 평범한 삶을 누릴 수 있을 것 같아 고민 끝에 귀화하게 되었노라 했다. 그의 이야기를 듣고 보니 부끄럽게도 감사할 줄 모르는 생활 속에 쌓인 나를 돌아보게 되었다. 매일을 감사하며 살아야겠다는 생각도 김 씨로 인해 배우게 되었다. 별일이 없는 거, 아침에 일어나서 갈 곳이 있다는 거, 배고프면 먹을 수 있다는 거, 이런 모든 소소한 것들에 대한 고마움을 알려준 건 행복한 일용잡부 김 씨다. 김 씨! 한국에서 살아가기에 가장 평범한 '김'이라는 성을 제 2의 조국에서 쓰며 살아가고 있다. 평범한 게 가장 행복하다며.

줄 * 좀 * 잘 * 설 * 걸

초판 발행일 **2019년 12월 20일**

지은이 **김창희**
발행인 **김미희**
펴낸이 **몽트**

출판등록 **2012.12.20 제 2014-0000-38호**

주소 **안산시 단원구 고잔로 23-12**
전화 **031-501-2322** 팩스 **031-501-2321**
메일 **memento33@menthebooks.com**

값12,000원
ISBN 978-89-6989-052-8 03810

www.menthebooks.com

이 책은 시흥시 문예진흥기금의 일부 지원을 받아 제작되었습니다.

「이 도서의 국립중앙도서관 출판예정도서목록(CIP)은 서지정보유통지원시스템 홈페이지(http://seoji.nl.go.kr)와 국가자료공동목록시스템(http://www.nl.go.kr/kolisnet)에서 이용하실 수 있습니다.